U0690099

老家

一个人的故乡心灵史

赵锋　著

——谨以此书献给我的故乡和父亲母亲

中国华侨出版社
北京

图书在版编目（CIP）数据

老家：一个人的故乡心灵史 / 赵锋著 .—北京：中国华侨出版社，2017.12

ISBN 978-7-5113-7112-6

Ⅰ . ①老… Ⅱ . ①赵… Ⅲ . ①散文集—中国—当代 Ⅳ . ① I267

中国版本图书馆 CIP 数据核字（2017）第 264275 号

老家：一个人的故乡心灵史

著　　者 / 赵　锋
责任编辑 / 晓　棠
责任校对 / 王京燕
经　　销 / 新华书店
开　　本 / 880 毫米 ×1230 毫米　1/32　印张 / 8　字数 /195 千字
印　　刷 / 三河市华润印刷有限公司
版　　次 / 2018 年 1 月第 1 版　2018 年 1 月第 1 次印刷
书　　号 / ISBN 978-7-5113-7112-6
定　　价 / 32.00 元

中国华侨出版社　北京市朝阳区静安里 26 号通成达大厦 3 层　邮编：100028
法律顾问：陈鹰律师事务所
编辑部：（010）64443056　　64443979
发行部：（010）64443051　　传真：（010）64439708
网　址：www.oveaschin.com
E-mail：oveaschin@sina.com

序一

桑梓之情 赤子之心

——《老家：一个人的故乡心灵史》的美学判读

傅广典

赵锋是位善于写桑梓散文的青年作家。

桑梓散文多钟仪楚奏之作。因为桑梓之地洒满了童年的记忆，绘制了青年的志向，预置了老年的归宿，人至暮年，回首人生历程，别有一番情感，所以写桑梓散文者以中老年人居多。青年人书生意气，挥斥方遒，憧憬着前方风景，多展望，少回首，故而青年作家写桑梓散文者寥若晨星，写得好者更是凤毛麟角。

赵锋的故乡是文化底蕴丰厚的郧阳。这片故土在气势磅礴耸入云霄的秦岭和大巴山之间。秦岭逶迤，大巴山嵯峨，两山以不同的风貌和品行环抱着一片钟灵毓秀谷地，谷地依两山走势，自西向东蜿蜒千里。谷地中央，是奔腾了亿万年的汉江，她是汉民族的母亲河，在民间传说里，在一年的某一天的午夜，汉江正对应着苍穹上的天河。秦岭与大巴山抵御了北寒南热，汉江滋润着两山间的秦巴谷地，使这里气候温润，草木葳蕤，100 万年前汉江人就已经生活在这里，考古学家和古人类学家认定这里是现代人类的发祥地。起码 100 万年以来，这里人类没断代，文化没断层，是世界范围内鲜见的人类连续进化的地域。汉代，刘邦在这里建立汉王朝，汉民族由此而来。明朝，成化年间置郧阳巡抚，辖八府九州六十四县，是中国史上的第一个特区，历时 204 年，120 位封疆大吏在这里建功立业理域安邦。这都是郧阳人一向引以为荣的历史篇章，郧阳人也因此而文化底气十足。

赵锋生于斯，长于斯，他从小就受桑梓文化的沐浴与熏陶，在桑梓文化中成长。他依恋着这片故地，忠诚于这片故地，学业有成，报效梓里，讴歌家乡、赞美家乡的写作，始终不懈，已出版的长篇纪实文学《挥别故园》，是一部写南水北调工程移民的家国情怀之作，其实质也是写乡情，与这本散文集《老家：一个人的故乡心灵史》堪称珠联璧合的姊妹作。

赵锋写自己的故乡，写自己的内心精神追寻。以故乡为背景，以“乡愁”定位非常之好。“愁”是一个农耕文化的词汇，秋实心牵即为愁。这是本义。由于对秋获深深地持久地牵挂，衍生出现在词义的忧虑之意。“乡愁”之“愁”，达意而内涵深邃，一字千钧，破题有声：桑梓之情，赤子之心。描绘桑梓之情，表达赤子之心，是赵锋这部散文集的汇编主旨，也是赵锋这部散文集的审美定位。

郧阳很美，是现代文明里的一种古朴的美：群山叠嶂、阡陌纵横，江渚钓影、农舍炊烟……是一帧乡情撩人的桑梓图。

正是乡情如此撩人，“愁”字油然而生。村庄的颜色，永远的庭院，父亲的庄稼，母亲的菜地，兄弟的或喜或啧，姐妹的一笑一颦，岁时节令，迎来送往，方言俚语，风土人情，甚至那些司空见惯的鸡鸣犬吠，都是令人难以忘怀的乡趣。乡、乡啊，愁、愁啊，那是抹不去的记忆，那是斩不断的念想。何以让乡情更浓，何以使乡情更醇，拨动着作者的心，文曰：“故乡、乡愁是一首永远唱不完的歌。”何以守护乡情，何以承继乡情，牵动着作者的心，文曰：“当我穿透重重雾霾，重新审视我的故乡时，却发现那个魂牵梦绕的故乡，原来已经渐渐远去，成了记忆。”于是作者无尽感伤，文曰：“吾心安处是故乡，请不要让我们的故乡，成为回不去的地方。”这是无助的感伤，也是激越的呐喊。于是作者思绪翩跹的乡愁犹如山涧飞瀑，跃然纸上。

散文在文学中属于亭亭玉立的那一种，文质、睿智、灵秀，外修于形，内修于神，浪漫而不恣意，夸张而不张狂，有时情不自禁地海阔天空纵横捭阖一番，也是一副文质彬彬温文尔雅的样子。

原本大千世界就是人各有志，价值多元。人都不可对他人的价值观说三道四。然而价值总有价值的尺度，无尺度哪有大千世界？更不消说万事万物。作为个体的自然人，你觉得怎么活好就怎么活，不需要他人认同，不受制于社会伦理。但是，你若想融入群体成为社会人，尤其是你想以自己的审美施动他人的时候，你就需要他人的认同，受制于社会伦理。说到底，散文是受众文体，非私密的日记小品，受众审美是散文永恒的尺度。

此种情势之下，读赵锋的散文，备感其难能可贵。散文集的首篇《庄稼花开》是他散文审美的终极诠释。农家人都知道，在花类中，没有再比庄稼的花不显眼、不艳丽的了。那些桃花梨花杏花，满山遍野；那些荷花菊花茶花，十里飘香。可是在庄稼人的眼里，庄稼花是最香最美的，沁人心脾，仿佛是从自己心里开出来的。作者正是谙熟庄稼人的情愫与感怀，首篇写了庄稼花："家乡的人们把这些土地经营得很殷实。每家每户都会在自己的土地上种植各种各样的庄稼，有相同的，也有不相同的。每一种庄稼基本都有自己的花期，各种五颜六色的花将开满整个村庄。"

《一把泥土》是富有哲理的一篇，全篇没有描写，直抒胸臆："一把泥土就是一个村庄的春天，因为这就是一个村庄的希望；一把泥土是一个村庄的秋天，因为它是一个村庄的收获；一把泥土又是一个村庄的开始，因为它就是一个村庄的衣食之源；一把泥土又是一个村庄的归宿，因为它就是一个村庄的母性胸怀。"

赵锋阅历丰富，勤勉好学，任过教师、当过记者、做过编辑，也当过基层干部、组工干部，还爱好摄影。他的散文具有教师的温良、记者的敏锐、编辑的缜密；也兼备贴近大地的温情和亲近感，同时还充满了摄影的画面感和美感。修形、修神、修辞均见功夫。形体之美、神韵之美、文辞之美、律动之美，章章昭著，篇篇彰明。赵锋忠于桑梓，效于乡愁，散文创作不逾故乡涉猎，形成"赵锋散文桑梓范畴"，既是风格，也是范式。这让人觉得，赵锋在苦心营建他桑梓散文的桃花源。愿为他献上一份诚挚的祝福。

写散文书评，书评本身就应该是一篇好散文。因之纠结良多，颇费踌躇。这也许可作为表白的理由：短文字数不多，却非一蹴而就的急就章。

是为序。

2016 年 11 月 9 日于东湖

（傅广典：中国地域文化研究会主任，湖北省民间文艺家协会主席，学者、作家，享受国务院政府特殊津贴）

序二

一个村庄的乡愁档案

潘小娴

“我上小学时，要走过七八百米远的泥土路才能到学校。泥土路的两边，是大片大片的田野。每当百草丰茂的时节，绿草茵茵杂花遍地的田野便成为了孩子们最大的乐园。这时候，女孩子们喜欢用鼻子嗅一嗅花朵们的芬芳，还会玩一种斗草游戏。尤其是放学回家的路上，走在田埂边，女孩儿们便随手采摘起一把青草一朵花，然后藏到身后，互相让对方猜草猜花的名字，猜中了，对方的一把青草一朵花就归了你！于是，一张张小嘴，哗啦啦地对喊起来，这张嘴喊一声‘打碗花’，那张嘴答一声‘狗尾巴’……一个个青草与花儿的芳名，叮叮当当撒了一路，好不快活地伴随我们回家！”

以上这段话，出自我所写的《最美的游戏》这部书里描绘的乡村女孩子斗草游戏的快乐场面。扯起的一棵棵草，连带着很多泥土，这些泥土便是男孩子最喜欢玩的玩具了：“拿泥土当子弹，用泥土捏泥人、捏手枪、甩墙巴。这看来原始的泥土游戏却满载着一个乡下人童年时所有的快乐和理想。”——这段有关乡村男孩子玩游戏的描写，出自赵锋的新著《老家：一个人的故乡心灵史》。

因为对泥土也有着触摸与玩耍的经历，所以我读起赵锋的《老家：一个人的故乡心灵史》有一种亲切又熟络的感觉。赵锋在《一把泥土》这篇文章中，把村庄和泥土比喻为“血脉相连的母子”，而一把泥土就贯穿了一个乡下人整个一生：在村庄这块土地，小时候用泥土玩游戏，长大了要在庄稼地里翻地播种，学会用土地养活一家老小。当我们从只知道玩泥巴的童年，成熟到懂得经营和珍惜土地的成年，我们就完成了一段丰饶质变的人生历程。

只是，长大后，有些人离开了村庄。随着城市化的扩展，村庄的土地也越来越少。于是，那些曾经与泥土相关的人与事，也渐行渐远，最终凝成一缕缕剪不断理还乱的乡愁。赵锋的《老家：一个人的故乡心灵史》便是以与泥土紧密相连的村庄为背景，徐徐展开了一幅幅发生在故土的人文生态图景。

在人们的习惯性思维中，花是用来看的，用来欣赏的。但在村庄人的眼里，花，不仅仅是为了看为了欣赏，而是有着独特的一种韵味。在《庄稼花开》一文中，赵锋描写了种植在肥沃土地上的各种各样的庄稼花：油菜花、小麦花、玉米花、茄子花、西红柿花、黄豆花、花生花、韭菜花等，这些花，开得都碎小，不张扬，也说不上漂亮，但村庄人看花，他们是在用另一种方式欣赏庄稼花之美——在他们看来，这些花不仅是花朵，而且也是果实；不仅是希望，同时也是收获。比如，油菜花，可以制作油菜花油。《乡村油坊》一文中说，每当油菜花成熟的季节，乡村油坊里飘出的油香，香醉了整个村庄。

于此，一种种素朴得不起眼的庄稼花，在村庄人的心里，便有着了一种独特的人文情怀。这种独特情怀，也成为了他们生命中的重要情愫和牵挂——牵挂那些曾经与庄稼为伍、以土地为舞台，演绎着属于自我的生活内涵和真实体验。

当然，从土地上长出来的，不仅有庄稼，还有大树。于是，用大树制作木器，便承担起了村庄人对幸福的畅想元素。《乡村木器》一文写到，庄稼人离不开乡村木器，因为木器承载着他们的欣喜和希望。村庄人用犁、耙、锄、扁担这些农具，承担起家里的所有的农活；用斗、筒、柜这些木制容器装载他们的收获以及喜悦；娶亲出嫁，也用村里的大树做成木质嫁妆，装上一生的幸福与一世的畅想。甚至村里的孩子们，都是用木头削好手枪、宝剑、大刀、红缨枪、棍棒，一起玩五彩斑斓的游戏。毋庸置疑，乡村木器贯穿了村庄人的一生，一如赵锋所感叹的那样——“童年时，用木器编织着五彩斑斓的梦；青年时，用木器承载着一生中的沉沉浮浮；老年了，又是一副棺木定义了一世的轨迹和荣辱，遮挡已经无力躲避的风风雨雨。”当然，随着时代的进步，棺木也已经渐渐尘封在历史长河中，让乡村木器这一种人文元素，也添上了一段段新的乡愁。

《老家：一个人的故乡心灵史》以故乡为背景，展示了故乡的风土人情、山水人事、人文精神，不仅描绘了村庄的灵秀美景，同时也记录了行进中的村庄变迁。只是，村庄的很多美景与记忆，都不可避免地在慢慢地溜走，一如村庄的雪一样，从前是年年下雪，这是一种与村庄不变的约会形式；而村庄人也在雪景中，上演了一曲曲动人的浪漫。在《飘逝在村庄里的雪》一文中，聋子的媳妇，在雪花飘飘的年关，生了白胖胖的儿子，带来了新的生命与快乐；张大爷在雪花飘飘的年关，迎娶了新娘，迎来了幸福和甜蜜。但如今，村庄已经有好多年都没有下过一场像模像样的雪了。雪正在这个村庄里慢慢地飘逝，同时飘逝和流走的，还有那些属于村庄人的回忆。从这点上说，我觉得可以视赵锋的《老家：一个人的故乡心灵史》为一个村庄乃至多个村庄的乡愁档案——等到多年后，也许我们已经在村庄找不到那些曾经存在的木器、油坊，但是我们依然可以顺着这些记录文字，重温那些曾经存在过的木器、油坊，穿越回真实的并已被我们的浓浓乡愁一一拂过的村庄。

（潘小娴：畅销书作家、专栏作家、媒体编辑）

目录

Contents

第一辑　庄稼花开

第二辑　飘逝在村庄里的雪

第三辑　隐秘的村庄

第四辑　乡愁拂过的村庄

附录

后记

第一辑 庄稼花开

村庄里住着
母亲和儿子
儿子静静地长大
母亲静静地注视
芦花丛中
村庄是一只白色的船
我妹妹叫芦花
我妹妹很美丽

——海子《村庄》

— 庄稼花开 —

这是村庄地里各种庄稼开的花。这花一开就是一大片，一大片的。它们和这个村庄里的人们一起生活在这个村庄 。它们一年四季地绽放着花朵。它们把这个村庄装饰得格外显眼，格外旖旎。

我所在的村庄有一大片肥沃的土地。家乡的人们把这些土地经营得很殷实。每家每户都会在自己的土地上种植各种各样的庄稼，有相同的，也有不相同的。每一种庄稼基本都有自己的花期，各种五颜六色的花将开满整个村庄。村庄成了花的海洋。

我喜欢看这个村庄花开时的美丽。每至春天，村中央的田地里便是一地黄烂烂的油菜花，成群的蜜蜂在花丛间飞舞。村里人便会咧开了嘴，今年油菜又能丰收了。油菜花过后便轮到小麦了，小麦花开的是极碎小的花，一点都不张扬，你只有贴近了身子才能看得清楚。家乡人却说小麦是在“扬花”。小麦过后是玉米，玉米的花是开在玉米树的最顶端的，所以家乡人称玉米花开为“出顶花”。

开得又大又灿烂的当然要属向日葵了。金黄金黄的向日葵极热情、极张扬地点缀着整块田地。荷兰有一个叫梵高的画家就是因为画这金黄的向日葵而传世了。他大概才是一个真正懂得庄稼花美的人。

与此同时，各种蔬菜花也开了。辣子开的是极小的白花，茄子开的却是稍大一点的紫花，西红柿花的黄色又比向日葵的稍微暗淡，却又多增添了一点素雅。南瓜的花呈喇叭状，它像是在昭示着什么；还是在向大地汲取力量。连纤细的韭菜也会结一朵素白的小花来装点这个村庄。

黄豆和花生的花总是开得很隐藏，它们大多是藏于叶子之间，微风过处，你才能看见它闪烁其中娇美的碎影。这是一种朴素而含蓄的美。就像有的人一样把美隐藏于内心深处，等到别人发现时才恍然地知道这才是最美的。

稍后，就是稻谷了。稻谷的花极其小，开在稻谷丛中，只有田的主人才会去观察它们什么时候开了，又是什么谢的。每到此时，村里第一个发现自家田里的花已开满稻田的人便欣喜地告诉大家："我的稻谷扬花了。"于是从那一天起，村里人就都开始观察自己的田里谷子有没有扬花。在整个花期里，村里的汉子见面就问："你家稻谷扬花没？"稻谷扬花预告着未来的长势和收成。花开得越茂盛，村里人就越有信心判断今年又是一个丰收年。

庄稼有一个又一个的花期，花期也有长有短。但当把它们连接起来，它们便会在这个村庄开满整整一年，开满一个人的一辈子，开满整个村庄。

在许多人看来，花是用来看的，用来欣赏的。而庄稼的花在庄稼人的眼里却不是这样。他们渴望自己的庄稼开放最茂盛的花朵并不是仅仅为了看，为了欣赏。他们是想要有更多、更好的收成。也从来没有一个所谓欣赏花的人会把庄稼花移进盆中，让它绽放美丽。他们只喜欢牡丹、菊花以及海棠……只在房间里孤芳自赏。是庄稼花太普通了，还是根本就忽略了这村庄里庄稼花的美丽呢？

庄稼花只有在庄稼人眼里才是最美的，最可爱的。尽管他们不会，也没有用华丽的辞藻去形容它们。他们是在用另一种方式欣赏庄稼花。在他们看来，这些花不仅是花朵，而且也是果实；不仅是希望，同时也是他们想要得到的收获。

– 村庄里的那些花儿 –

家乡是一个被植物包裹的世界；家乡是一座被花儿装点的园子。那些花儿是儿时美丽的梦；那些花儿是童年时漂亮的天使；那些花儿珍藏了生命里最宝贵的记忆！

庄稼花

从记事起，在村里看到最多也最容易见到的，就是各种庄稼花。它们就像超市里琳琅满目的商品一样，让你躲都躲不开。

村里的河边、山上、路边都是庄稼地。一到花开的季节，它就是村里一个又一个的花园。村里种庄稼并没有一定之规，大伙想种什么就种什么。闫二喜欢种果树，老队长喜欢种玉米，庆山家喜欢种黄豆，三姑娘的家里总是喜欢种些花生……他们想让地里开什么花就开什么花。因此，他们既是地的主人，也是这些“花园”的主人。

其实，他们不种一样的庄稼是有他们的“小九九”的。除了是他们的喜好以外，更重要的是他们想把自己的庄稼地跟别人的区分开来，以免到收获的季节里会有不必要的争执。

也许是庄稼花在村里人的眼里太普通了吧！所以村里的人谁也没有觉得庄稼花有多美。在他们的眼里，庄稼花是果实的象征，无所谓美与不美。

油菜花

村里人对油菜花无法左右。油菜花一开就是一大片一大片的。像潮水一样，让人无法抵挡。它像村里庄稼地的一片花海一样，与天空相互映衬。怒放的油菜花不放过从它身边走过的每个人，它们把花开到了田间的小道上，挡住了村民的去路，招惹着村里那些刚过门的媳妇们。聋子的媳妇是外地的，她的老家只种麦子，没有见过这么多油菜花，见到这么多油菜花，聋子媳妇有点眩晕。逢人就大呼小叫地说这花太漂亮。惹得村里的媳妇们一阵阵大笑。村里的闫二媳妇向来都不怕生人的，大伙都在地里干活时，她总是不失时机地拿聋子媳妇开涮，一见聋子媳妇夸油菜花，她就冲村里的男人们大声说：“看看，聋子媳妇想男人了！”那时，聋子长年在外，村里的男人们跟着起哄，把聋子媳妇羞得低下了头。

那些年，村里的人都争着种油菜，大有比一比谁家种得更多的架势。夏收后，每家每户都用菜籽油炸油馍、炸麻花、炸从河里捞来的鱼，香喷喷的，令人垂涎欲滴。每当此时就是村里每个孩子的节日，锅里的油花和地里的油菜花成了孩子们童年时最闪亮的记忆符号。

桃花

桃花是村里开得最艳，也最多的花。

春天将至，它们飞奔而来，像是赴约一样激动和迫不及待。其实春天有时像个爱捉弄人的善良少女，多情地招惹着妩媚的桃花。

那时，河边、路边、山上几乎到处都有桃花的影子。在不知不觉中，它们访遍村里所有地方，它们的芳香无处不在。桃红柳绿的村庄，是它们这个季节骄傲的资本，一如村里那些处于花季的少女。

红颜多薄命，桃花自飘零。

桃花为村庄，为人们增添一帧美丽的风景，也是自然赐给村庄的一份精美的礼物。

桃花把村庄装点得多情而美丽，它们是春天的使者。

然而，春天总会过去。岁月的流逝，并不因为美丽而搁浅。

春去春又来，桃花开过，花香浸湿了昨夜一地的新泥。

葵花

家乡人把向日葵叫“葵花”。向日葵远没有村里的油菜幸运，被成片成片地种植。村里人只将它们种在地边或房前屋后，有时甚至很随意地丢在那里，大有让它们自生自灭的意思。

但是争气的向日葵偏偏长得茁壮而挺拔，很骄傲地长得比其他庄稼都高、都壮。它们很神气地站在庄稼地边，看着地里的庄稼一天天地长大。

向日葵的花大概是村里庄稼地里开得最高最大的花，它仿佛是庄稼们的卫士。向日葵又大又鲜艳，黄黄的花瓣格外显眼。它们是村庄一张又一张灿烂的笑靥，迎接着山那边升起的太阳。然后，它们一整天就跟随着太阳奔跑，微笑。

和其他花不一样的是，村里的小孩是不会轻易采摘向日葵花的。他们更想要的是向日葵花下边生长的向日葵籽。村里的小孩从小就懂得果实远远要比花重要，他们宁愿选择等待，等待向日葵跟随太阳奔跑，漫长的奔跑和旋转让它们长大成熟。

花生花

家乡人一直没有种花生的习惯。种也只是选择一块并不起眼的地来种，似乎不肯把好一点的地让给花生。大概村里人觉得花生算不上什么庄稼吧！

在村里的庄稼中，花生的地位远远不如玉米和红薯，玉米和红薯都是村里人眼里的香饽饽。因为它们是村里人畜共食的庄稼，它们的实用性远远超过了花生。村里人常说，谁还能把花生当饭吃啊！

与花生一样，不被人注意的还有它的花，它既没有油菜花的鲜艳，也没有向日葵花的那种张扬，稍不注意就会被它的叶子遮挡住了。儿时，常常和伙伴去地里刨还未成熟的花生，却从未注意到它的花朵，也从来不知花生也开花。

直到长大后，当重新打量它们时，才猛然间发现了花生花，发现微风过处它闪烁在叶子中娇美的花影。那些小碎花点缀在一片碧绿的花生秧中间，低调而得体。花生花的娇美和油菜花、向日葵不同，它更能勾起你一种内心的怜惜。

－ 乡村乐班 －

乡村乐班至今仍然在我的家乡盛行着。虽然简单，但它却是家乡老小喜闻乐见的形式，是乡村的经典之音。它常常让我感到充满乡村气息的温暖，让我看到乐班给村庄演绎出来的快乐和色彩。

一个喇叭、一张鼓、一副镲、一面锣，就构成了一个乡村乐班。除此之外，还有一个配唱的。配唱很是讲究，喜事唱花鼓戏，白事唱侍尸歌。

村庄里若有哪家娶媳妇，一般都会将村里的乐班请来。村里的乐班，除吹鼓手外，一般是不固定的。凡会者皆能一显身手。一个个年轻后生巴不得趁机学一学技术。娶媳妇，闹洞房，乐班便会不失时机极夸张地吹打，把现实的喜悦气氛推向极致。唱花鼓戏的也极力配合，多是祝福、挑逗、打诨。新媳妇被挤在洞房里，笑而不语。这优美的乡村之音飘散在这农家小院；它们一定还会飘满新娘在一生中最美好的记忆里。它给了乡村青年人结婚一种最喜欢的形式。

它是乡村夫妻常嚼不厌的果子。许多年以后，新媳妇一定还会秘密同周围邻居提起，她结婚时，村里乐器敲得有多响，多喜庆。又会说，谁谁唱得有多“难听”。

农闲了，村里的男人们并不想就这么坐在屋里。于是，几个会乐器的男人便把村里的乐器借过来，一起吹吹打打。乐声一响，便会招来村里的男女老少。大家围坐在一起，每个人的脸上都洋溢着笑容，听这乐班诉说着一年又一年的喜庆。

乡村乐班不仅给这个村庄带来了喜庆和红火，而且也用音乐这种形式送走亡者，安慰亡者的亲人。每逢有老人作古了，乐班就又会奏响起哀乐。当这略带凄凉然而仍然纯美的乐声四散飘逝时，就是逝者正在这个村庄消逝。声音不仅是悲伤，它更是给逝者的最后的送行，成为逝者在属于他生后所在的那个村庄的遥远的绝响。亲人都哭吧！只要有乡村的不朽之音，逝者一定会欣慰。

乡村乐班在吹奏着喜庆，同时也在用喜庆倾诉着悲伤。乡村乐班是属于乡村自己的乐队。村里的每个人都是这个曲中的音符，无论是高低音，还是起止符。乡村乐班是大家的乐班，大家都在共同用这个乐班传递友情、亲情、爱情。从一个村庄到另一个村庄。

在乡村，年轻人结婚时要请乐班，婚后生子要请乐班；搬进新家要请乐班；老死也要请乐班。乡村乐班贯穿了一个人的一生。从出生到老死，每次乐班声音的响起都是一次人生的大转折，都是一个人一生刻骨铭心的一幕。它用音乐的形式永远停留在一个人或精彩、或悲壮的瞬间。永远飘荡在乡村天空的某一个角落里；永远飘荡在一个人的一辈子。

乡村乐班是一座悲喜交加的剧场。它在为这个村庄吹打着或悲或喜的曲子；为每个人记录着或大或小的历史故事。它用亘古不变的形式演绎着一个个嬗变的人生悲喜。

乡村乐班　赵锋摄　/　2012年．赵庄

– 乡村木器 –

一棵树就是一个村庄的灵魂。

一棵树在一个村庄里的地位很高。

村里人的生活也是离不开树的。树和村里人的生活息息相关。

村里人对树木情有独钟。他们的生活几乎都离不开树木。

在乡下，有许多东西都与树木有着千丝万缕的联系。村里的人生活也离不开树木。他们对树木有着天然的亲近。他们把树木做成各式各样的木器，用于日常生活。这些木制的器具给乡下人的生活带来很大的方便。

乡下人用惯了木器。他们似乎从来都在拒绝着木器以外的器具。村里的大妈们做饭总是用木质的锅盖，用木缸装水，用木盆洗菜。村里的张大爷老了，走起路来很困难，儿子给他砍了一根竹棍，让他当作拐杖，张大爷却不乐意用这根拐杖。他自己到屋后的树林里砍了一根很结实的木棍。他把木棍做成了一根很好看的拐杖。他很满意地拄着这根拐棍在村子里闲转。即使是喝一瓢凉水，村里人也愿意用木瓢。

小时候，村里的孩子们总是聚在村口的纸厂的吊楼上玩游戏。个个都在自家屋用木头削好各种武器，有手枪、有宝剑、有大刀、也有红缨枪，最简单的就是棍棒了。然后带着各自的武器到纸厂的楼下集合。武器最好的当然就是每一次游戏的领头。多少次激动人心的拼杀争斗都在这里上演，多少次欢欣鼓舞的金戈铁马都在这里挥舞，多少次自己的奇思妙想在这里得以实现。村里的孩子们就是这样早早地用木头来表达着自己最幼稚，也最纯真的梦。

一棵树从小长大，长成了一棵大树。村里人也在寻思着这棵树能干点什么。其实村里人早就想好了怎么处理这棵树。一棵树从小树长成了大树，长到盖房子的时候可以做一根大梁，这也许是作为一棵树一生中最大的光荣。再小一点的就可以做一根椽子。房子盖好了，父亲就会张罗着给儿子找一个媳妇。其实这些树，还有这些房子都是给儿子准备的。他们老了不是还有老房子吗！还有再小一些的树，就可以做一些门窗的原料。

还有一些树就站在村口。它们在那儿已经站了近二十年了。它们似乎在等待着什么，就像村里那些美丽而善良的姑娘们一样。像树一样着急的还有村里刚刚长成大小伙子的张家老大，他和李家的三闺女从小青梅竹马，两小无猜。张家老大早想着，要是能把李家老三娶回家那该多好啊！她就是梦想中的新娘。那还犹豫什么呢？

三闺女是村里同龄的姑娘中最漂亮的。在村里能娶到三闺女那是前世修来的福。村里人都这么说。想到这些，张老大有些心里没底了。其实，打小三闺女就暗暗地喜欢他的能干、老实和憨厚。张老大最终还是鼓足了勇气请了村里有名的周婶婶去三闺女家说媒。张老大做梦都没有想到，三闺女毫不犹豫地答应了这门亲事。村口的树终于派上用场了。它们终于如愿以偿地成了三闺女的嫁妆。嫁妆里装着三闺女准备已久的各种精美的礼品，有奶奶给她的祖传下来的首饰；有母亲送给她的珍藏了许多年的龙凤被面；也有妹妹给她戴上的美丽头花。其实这些嫁妆里装的远远不止这些，它们还装着三闺女对未来的憧憬和畅想，装着婚后的甜美和幸福。它们将伴随着三闺女度过婚后漫长然而又很幸福的日子。许多年后，三闺女还会在这些已经陈旧的嫁妆里找到只属于新娘时的甜蜜和年轻时的激情。木质的嫁妆给予三闺女一生的幸福，一世的畅想。

在乡下，男子婚后就要开始承担起家里所有的农活。他们要用犁、耙、锄、扁担这些农具。他们就要用这些木器农具养活一家老小。等到庄稼成熟了，他们又要用斗、筒、柜这些木制容器装载他们的庄稼、收获以及喜悦。那些年月倘若离开了这些乡村木器，庄稼人如何承载庄稼带给他们的欣喜和希望。

一年又一年地过去，一件木器在一个村庄的存在远远超过一个人。村里的老奶奶们用的仍然是年轻时的梳妆台，用作为嫁妆的柜子装衣服，睡的仍然是结婚时的婚床。一年又一年地过去，村里的人老去了，但是木器反而因为它们古老才会焕发出独有的年轻光芒。它们才不像村里人的脸，一过四十就开始被皱纹占据。然后，用一脸的沧桑面对着永远年轻而又成熟的土地打发着剩下的漫漫长路。

一件木器就是一个乡下人家的财富，就是一个人家的传家宝。

一件好的木器能从祖辈传给父辈然后再传给儿孙以至子孙后代。它们在一个村庄的路太漫长了，就像一匹奔跑的马，远远地把村里人落在后面，去走村里人不能也无法走完的“马拉松”。因此它会拥有比村里人多出几倍的故事和经历。它们比村里人更有能力来见证和关注一个村庄曾经走过的风雨和历程。它们才是一个村庄的见证者。

村里的老人在还没有年老时就开始准备老去之后的棺木。即使是在与年老还有一段距离时，他们就开始张罗着把山上年轻时就栽下的几棵上好的杉树砍回来。刚过六十，他们便把木匠请到家里来把自己的棺木做好。他们好像担心自己一夜之间就会老，走不动，没有人为他准备这些了。只有做好了这些，村里的老人才会心安理得地过日子；才会胸有成竹地在村子里溜达；才会有一种高枕无忧的坦荡；才会真正觉得自己融于了这个村庄。

生前用木器打造装饰着一生的生活，身后又用木器来遮风挡雨。这就是一件木器的命运。但是木器却像村里站着的树一样默默无闻、无怨无悔。

乡村木器贯穿了一个乡下人的一生。童年时，用木器编织着五彩斑斓的梦；青年时，用木器承载着一生中的沉沉浮浮；老年了，又是一副棺木定义了一世的轨迹和荣辱，遮挡已经无力躲避的风风雨雨。

- 春笋的香气 -

那是三月，大地正朝着绿色奔去。世间万物几乎无一例外地尾随其后。山川一天天披上越来越浓的绿衣。山间的鸟儿也叽叽喳喳地吟唱着内心的喜悦。路边的小草悄悄探出了头张望眼前的新奇。

在故乡的山坡上，一片又一片的竹海也换上了新衣。每年的三月都是竹子繁衍后代的季节。满山的竹子都兴高采烈。不为别的，就是为了它们的新生代——竹笋。故乡漫山遍野都是竹子。故乡的山因了这些竹子的装点才变得灵秀生动起来。

几场春雨过后，竹笋便加速度地生长。那股劲儿只有处在“青春期”的少年才能与之媲美。似乎是在一夜之间，竹笋就毫不犹豫地钻出地面，它的速度远远超过了你的想象。先是一撮嫩嫩的芽，被厚厚的落叶深埋着，穿过这层沃土，它们就可以见到太阳了，见到了长在它们身边的父母“竹子”，还有它们一母同胞的兄弟。再有一场春雨，它们便蹿到了地面之上，开始裹上厚厚的壳。它们用飞快成长的速度来表达着对生命的热爱。再过几天，它们就长到半人高了！

小时候，山上的竹笋密密麻麻的。家乡人有吃竹笋的习惯。家家户户都会在竹笋还很鲜嫩时，上山挖竹笋。回家后，把厚厚的竹笋壳剥掉，露出嫩绿的竹笋。用温水捞一遍，就可以食用了。也有贤惠的媳妇，把竹笋晾晒干，做成笋子干，放到秋后和冬天食用。竹笋味道鲜美，既可单独成菜，也可做配菜，或是拌成凉菜。刚从山上挖回来的竹笋，吃起来鲜嫩可口，味道清新，满口的青草味；到了冬天再用笋子干炒腊肉，满嘴竹笋的香气，那是春天的味道。让人久久不能忘怀！炒一盘竹笋，做一顿竹笋蒸面，简直香死个人了！

正是这样的香气撩拨了村里人的兴趣。雨后的春笋犹如香气一样四处蔓延。村里人纷纷上山挖竹笋，大人小孩或背着背篓，或挎着篮子，或捏着袋子齐上阵。漫山遍野都是人声，看到山坡上遍地的竹笋，满心欢喜。想着竹笋的美味，人们更加卖力了。再过几天，竹笋就要长大成人，变成竹子。村里人知道再过几天，他们就不能挖竹笋了，那时的竹笋也不能再吃了！现在正是时候啊！

要不了多长时间，他们就会满载而归了。路上，遇到了村里的老队长。老队长叹息地说了一句：你们少挖一点吧！到时候山上不长竹子了，我看你们吃什么？大家每次听到这些时，都低头而过。村里人明白老队长的话不无道理。

然而，老队长的话并没能打消村里人对竹笋的喜爱。他们对挖竹笋仍然乐此不疲，是竹笋的鲜嫩诱惑了他们的双眼。他们懂得享受这份纯天然的味道。在他们的眼里，这是他们春天里的庄稼，是春天馈赠给他们的绿色礼物。

许多年后，当我从一位同学口中得知，他的家乡地处荒山，中学以后才第一次见到竹子，我吃惊极了。对他来说，竹笋是他们儿时所无法奢望的美味。他说，他第一次见到竹子时内心欣喜若狂。与他相比，我和我们家乡的孩子从小不仅能看到竹子，还能品尝到竹笋的美味。因此，我们是幸运的。因为幸运，所以幸福。

时至春天，家乡的竹笋一定又在一夜之间悄然冒出来了。它们“润物细无声”般地占据每一片山野。它们的鲜嫩一定还在诱惑着人们的眼，它们的香味也一定还在不遗余力地洋溢在家乡的山水间，家乡人的心田。

— 乡间柿子 —

秋天到了，它红着脸挂在枝头，羞涩如同村头的小姑娘。

秋天到了，是该它们成熟的时候了，就像村里待嫁的新娘。

它们是村里随处都能看到的柿子。它们就在路边，充满喜庆的颜色装点着整个村庄。

在村子里随处都可以见到柿子树。田边、山坡、河边都可以看见它们的身影。它们是这个村庄里的一道风景，装点村庄的同时，也给了村庄一种收获。

小时候，各家各户的地边基本上都栽有几棵柿子树。即使没有，细心的主人也会出于习惯在地边种上几棵柿子树，它们成了地的门牌。

有了柿子树，小孩子们就希望它们快快长大。那是他们暑假里一长串的乐趣。对于乡下的孩子，柿子树是他们童年回忆的一抹亮色。

夏天刚到，柿子树便开始开花。开花过后，樱桃般大小的柿子就闯了出来。没过几天，便长成核桃大小。此时，离暑假已经不远了，村里的孩子们都巴不得早点放暑假。

好不容易等到放暑假，孩子们还没有来得及释怀因为期末考试成绩带来的伤感，就迫不及待地跑到各家柿子树下，看看树上的柿子长多大了。树下的巴望是乡下孩子才会拥有的真正的快乐。

等到柿子长到青苹果般大小时，我们就毫不客气地开始上树摘柿子。但是此时的柿子味道很涩，难以下咽。这很好办啊！村里早就有腌柿子的习惯。在解决吃的问题上，村里的孩子永远都是最能发挥自己想象力的。由于害怕大人的指责，而且此时摘来的柿子大都是偷偷摘别人家的，所以不可能大大方方地把柿子拿回自己家里腌。于是，我们就把柿子分别埋在各自的稻田里。这样，既能达到腌制的效果，又可以隐藏，还不容易被别人发现。可是问题还是出现了。村里的田太大，藏得匆忙，过几日兴高采烈去掏柿子时，却怎么也找不到柿子的踪迹。

村里的春花也和我们一起腌柿子。但是女孩子就是细心，每次她都会记好自己的柿子埋在自家田边的第几行稻谷旁。到了时间（一般为一周）就不慌不忙地去取。春花后来告诉我们这样的方法，我们都纷纷仿效起来。这种方法果然很灵验，从此，我们就再也不用为找不到腌柿子而发愁了。

尝过腌柿子之后，就巴望着能尝到真正的红柿子。这个过程很漫长，基本要贯穿整个暑期。由于气候的原因，家乡的柿子一般都要等到秋季开学时才真正地熟透。

熟透的柿子，灯笼般地挂满了枝头。阳坡、西坡、后坡的柿子都相继红了，把整个村庄都染上了喜庆的色彩。红透了的柿子，也惹红了村里孩子的眼睛。

孩子们放学后，背着书包，三五成群，纷纷跑到柿子树下。稍大一些的孩子就负责上树摘，小孩子就待在树下，等着大孩子把柿子摘下来，由他们保管，事后再分而食之。

枝头通红的柿子像是村姑脸上的颜色，当然也会吸引村里的汉子，他们在忙完了农活后也会到柿子树下，上树摘几个柿子，尝个新鲜。

此时，在农忙的间隙，村里的农妇会不失时机地把自家的柿子摘回家。将红透了的柿子切成片儿，然后用竹签穿成串挂在屋檐下。这样一直挂到冬天，经霜打过后，柿子片上就会结出晶莹的白色的霜花。霜打过的柿子片香甜可口，是乡间冬天无可比拟的美味。

到了秋后，还有一些还没有完全红透的柿子，再不摘下来就会自己掉下来烂在地里了，那多可惜！这时，各家都会抽空背上背篓，去把树上所有的柿子都摘回家，一部分用坛子腌上，另一部分用来酿酒。

柿子酒在乡下很有市场，村里的人都喜欢喝柿子酒，那种热乎劲甚至超过精品瓶装酒了。毕竟，村里柿子的产量远远低于玉米，这反而让柿子酒出尽了风头。只有贵客到家，主人才会把柿子酒拿出来给客人尝尝。

柿子像是秋天村庄里的灯笼，它的颜色是丰收的色彩，它的味道是甜美的滋味。它们一年又一年如期而至地迎接着村里人渴望丰收而甜美的生活；它们一年又一年坚持不懈地传递着村里人企盼喜庆而温馨的岁月。

— 摘杏时节 —

入夏，正是瓜果飘香的时节。你方唱罢，我登场，几乎每一种水果都要在这个季节上演自己的精彩。看到街道边摆放的杏儿，便想起了儿时去山里摘杏儿的情形。

儿时，正处于青春期的孩子们吃不饱饭，那个年代没有更多的粮食和零食填饱孩子们的肚子。野菜和山上的瓜果成了孩子们眼里的香饽饽。孩子们渴望夏天的到来，山上的各种瓜果渐渐成熟，满山遍野的瓜果飘香，香气撩拨着孩子们的味蕾。暑假来了，孩子们有了闲暇的时光，天时地利，孩子们抑制不住内心的喜悦。

村里有些人家房前屋后零星种了一些果树，其中就有杏树，杏儿早早地闯了出来，青翠，幼小。看到慢慢长大的杏儿，孩子们内心激动，但村头的这几棵杏树当然无法满足他们的胃口。要想尽兴品尝得跟大人们去到更远的山里。

在老家，杏儿分两种：村里人以麦收时节为界，麦收之前称小麦杏，麦收之后称大麦杏，所以并无定期。农忙过后，村里的小伙伴们便会相约跟着大人们去更远的山里摘杏。

离村庄很远的一个叫老母山的山顶有成片的杏树林，从村里到山顶要小半天的路程，来回整整一天。

那里生长了一山坡的杏树，天然野生，茂密而旺盛。深山里良好的生态环境助长了杏树更好地生长。之前这里人迹罕至，杏儿熟了又落，风把杏核吹走，来年又长出了新芽，一年又一年，山谷里便形成了一大片杏林。

有一年，村里几个打山货的年轻人经过这里，远远地看到山谷里一片金黄，那时正值正午时分，饥渴交加，年轻人原想躲进树林里纳凉休息。谁知走进树林一看，他们傻眼了，眼前呈现的是一大片杏树林，那时正是杏儿成熟的季节，枝头挂满金黄，蔚为大观。他们摘下树上的杏儿品尝，肉多味鲜，松软可口。

几个年轻人原本准备空手而归的，却无意间发现了这一片杏树林，他们摘满了随身带来的袋子，喜出望外地回到了村里。村里人都品尝了这些味道鲜美的杏儿。于是跟着这几个年轻人，又去摘杏儿。自此，每年村里人都会在这个时候去摘杏儿，仿佛是村里一个固定的节日，一个不变的约会。

每年农忙过后，村里的年轻人并不着急休息，而是相约去老母山摘杏儿。山高路远，须得早早起床，鸡叫过后便开始赶路，大伙不约而同，背着筐，提着袋子，挎着篮子，齐集在村头，不一会儿就排成了一个长队。老毅走在最前列，他个儿头大，为大家开路。翻山越岭，只为那一树酸酸甜甜的杏儿。

一路期待，一路奔跑，一路的欢声笑语。村里的老小把去摘杏儿当成了一次郊游。

到了杏树林，眼前是一片金黄，微风吹过，能闻到果香。那时，乡下的孩子缺吃少穿，没有零食，就是这果香召唤了这群山谷里的孩子。大伙在杏树林里穿梭，山间空气清新，一个个神清气爽。品尝了杏儿，便要开始挑选带回家的杏儿了，装进袋子、筐子和篮子。带回家的杏儿挑选起来要有讲究，既不能太软，也不能太硬。软了，路途中容易坏；硬了，杏儿还没真正成熟，味道到不了。

吃好装满，再躲过中午的太阳，便要往回赶了。老毅总是跑在最前列，他必须加快脚步，脚步慢了，等赶回村里，春花早就睡下了，他生怕错过今天跟春花见面的机会。老毅来摘杏儿最重要的原因就是为了春花。村里人都知道春花最喜欢吃杏儿了。

春花是村里最漂亮的姑娘之一。与老毅同年，他们私下喜欢着对方，但春花的父母并不同意这门亲事。平日里他们并不敢大胆地交往。其实村里人都知道他们的事，也觉得他们俩很合适。

老毅将精心挑选好的杏儿装在袋子里，悄悄送到春花住的厢房窗口下。轻叩窗棂，春花自然晓得窗外的人是老毅，轻轻打开窗户，细语几句，然后接过杏儿，便把窗户关上。老毅则迈着轻快的步子朝着自家走去。

此时，大批的摘杏儿队伍也回到了村庄，几乎每家每户都在品尝这酸甜可口的杏儿。一家人在灯下品尝着新鲜的杏儿，母亲看着全家吃杏的样子，一脸的幸福。

摘杏儿跟众多农活相比并不重要，甚至是无足轻重的，但却吸引着全村人的目光。每年杏儿成熟时，它便自然地成为村里人关注的话题。杏儿用香甜的味道打开了村里人的味蕾，让人们真实地品尝到了果实和喜悦。

如今，周末回到老家，偶尔会问起村里的人有没有再去摘杏儿，大伙都说连路都找不到了，根本没人再去。当年村里的大妈说："现在的年轻人都出去打工了，剩下我们老胳膊老腿也跑不动。再说现在年轻人哪有那个耐性跑那么远去摘杏儿啊！"

当晚，我做了一个梦，梦到自己跟着大伙打着火把赶去摘杏儿，大家轻快地行走在山间，笑声朗朗。醒来后，心里还想着山谷间那一片黄灿灿的杏树林。

– 故乡的茶 –

家乡东河位于鄂西北沧浪山山麓，沧浪山下峰高林密，沧浪之水逶迤前行，浇灌着家乡连绵成片的茶树，孕育了家乡天然、原味的茶叶。故乡人在群山峻岭之间守护着这一缕浓郁而温暖的茶香。

在老家，自古就有种茶的习惯，甚至每家每户的田间地头都会种上几排茶树，与庄稼共处，既可当篱笆，又能采茶叶。春天里，各家把茶叶采回家，用祖辈传下来的手艺精心炒制。每个村都有各自的炒茶师傅，每个师傅的手法各有所长，味道自然千变万化，但浓淡总相宜。虽然口味不同，但家乡人一样品尝着自家的茶香，甘甜而悠长。

沧浪山的高海拔造就了独特的气候，加上原始的生态环境、肥沃的土壤，使茶树有了更长的生长周期，从而培育出了家乡味浓、耐泡、醇厚的高品质茶。多年前家乡因地处大山，人迹罕至，春天里仿佛都能听到茶树生长的声响。家乡人制茶，茶香从农家小院里飘出，香醉大山里的每一个村庄。

春天里，茶树在春光中悄然生长。它们追随着春雨的脚步，家乡海拔高，它们要经过漫长地奔跑，才能冒出绿芽。它们抑制不住的清香撩拨了村里人的鼻子。循着这种香气，有经验的农妇第一时间赶到茶树林，一眼就看到那油嫩、清香的绿芽，她飞跑回家，取来小竹篮来到茶园开始采摘。于是村里人都开始行动，采摘各家的茶叶，这是最宝贵的几天，可不能等！第一茬茶叶最嫩也最香，炒出来的茶自然也最好。摘茶并不是简单的事，要仔细、耐心，还要抢时间。此时村里人都在采茶，男女老少都不例外，像是节日。茶香的无声召唤，一壶醇香的茶水的诱惑，让他们甘愿在春光里忙碌。

家乡人的茶并不做他用，只留着自己享用。这是宝贝，一如自家酿造的苞谷酒，顶多忍痛割爱送点给亲朋，一起来品尝这份醇香。

家乡人好客，客人品尝着碗里的一缕清香，喜不自禁，与主人一起畅谈来年的家事和收成，一副悠然自得，喜不胜收的样子。是茶，陪伴着他们走过一年的四季，走过或悲或喜的人生。

家乡曾经有一个面积不小的茶场，也是远近有名的茶场，曾经辉煌，茶叶也异常红火。成片的茶树生长了多年，长成了一片老茶林，但后来缺少手段高超的炒茶师傅，加上管理不善，慢慢被人遗忘。儿时上学，到了春季，学校便会组织我们去茶场采茶。一听去采茶，伙伴们心里美极了。清香氤氲的茶园，满目嫩绿的茶树，在孩子们的眼里，这哪儿是去劳动，俨然是一次让人惬意的踏青。茶园便是乐园，边采茶边嬉戏，犹如节日。满园的茶香养育了我们的童年。

茶是树叶，却因为清香甘甜，在与人类的一次美丽相遇之后，经由人类的双手变成可口的饮品。茶如人生，一代又一代家乡人，把清香的茶留在土地上，把温暖甜美的味道用碗盛住。

茶是树叶，成茶，苦尽，甘来；茶处在草木之间，家乡人将一碗茶汤立于地头，劳累之后席地而坐，饮上一碗浓郁的茶，解除疲乏，收获庄稼和希望。

清风过处，茶的醇香依然停留在家乡的每一个村庄。一碗茶汤，在一代又一代的家乡人的碗里传递；一碗茶汤伴随家乡人一辈子，家乡人在茶的芳香里守候着自己别样的人生。

— 村庄的色彩 —

无论是在一年之中的哪一个季节从这个村庄走过，你都会被这个村庄所呈现给你的颜色和各种颜色的美丽而打动。村庄因为有了这些五彩缤纷的颜色而让人眷恋。

春天来了，村庄被一片又一片的油菜花淹没了，完全盖住了庄稼地原本的面目。庄稼地只能绝望地藏在花的深处，让这个村庄暂且忘记泥土的颜色。

这时，满山的槐花也次第绽放，这样满山的绿色中就有了一层淡淡的白。桃花当然不会错过机会，也想方设法地让春天能浓墨重彩一笔。它或在山头插一串粉色，或在路边不遗余力地开一树的花蕊。村里的小孩从路边走过便折几枝盛开的桃花回家，插在从村里捡来的罐头瓶里。以后的几天，他们就像是在看村里刚刚迎来的新媳妇一样看这美丽的桃花。

村里人最愿意看到的当然还是庄稼地里的花。花开了，村里人的心就像吃了蜂蜜一样甜。庄稼花要是晚开了几天，村里人都会像是热锅上的蚂蚁。这花咋还不开呢？村里人都暗暗地问自己。庄稼花开之前的几天，往往也是村里人最担心的几天。花开好了就好，那要是不好呢？因此，村里人很早以前就练就了一种推算庄稼花期的本领。在庄稼人的眼里，庄稼花开的不是色彩，而是收获和希望。

豌豆花有的是浅紫色的，也有的是白色的。它们常常被村里人种在了村边、田里，容易被村里人忽视。种子一旦撒在地里，主人就走了。从此以后，主人就在田里和家里忙碌，完全忘记了它们。豌豆像是被遗忘的孩子或是失宠的公主，气极了。豌豆无计可施，“那我就开花吧！”果然刚没开几天，主人就来看它了，而且还面带微笑地说：“今年豌豆花开得真艳！”在豌豆看来，是豌豆花引起了主人的注意，也是花改变了自己的命运。

这不仅仅是庄稼花的颜色。还有各种花的颜色，它们就像一件件时尚的衣服，穿在夏天村庄的身上。那时候，各种庄稼的花慢慢从亮丽变得深沉而厚重。庄稼的花此时像个懂事的孩子，它们似乎明了庄稼人的心理，果实比花的美丽更重要。

花有时可能只代表颜色，而庄稼花的颜色给予村庄的是福音和希望。

庄稼和土地母子相依地生活在这个村庄。庄稼刚种进地时，大地是一片淡绿；再过些时候，成长的庄稼用漫无边际的绿色盖住了泥土的颜色。到了秋天，成熟的庄稼露出了它最真实的颜色。它们把大地染成了金黄色，将庄稼和大地融为了一体。等到了冬天，大地把泥土的颜色呈现出来，呈给天空，呈给村庄，呈给村庄里一茬又一茬的人们。

除了庄稼和土地，还有山川、河流、天空……

遥远的一道山梁，春天点点绿色和桃花装点着村庄；夏天飞鸟在山梁上鸣唱着村庄；秋天满山的红叶成熟地呵护着村庄；冬天漫天的飞雪陪伴着村庄。

河流用碧波白浪流过村庄的一年又一年，流过一个人的一辈子，流过一个又一个的村庄。一次次的碧波万顷、一次次的红日当空、一次次的风起云涌、一次次的彩虹西挂、一次次的朝霞满天就是一个村庄的喜怒哀乐。

它们是一个村庄的表情。它们在空中照看着一个又一个村庄，装点着一个又一个村庄的风景。

村庄一年四季都有着自己的颜色，就像人们一年四季都有着不同的衣服一样。村庄如同人的一生，走过了不同的年代，历经着生命中不同的时期，呈现出来不同的颜色。这些颜色其实就是村庄的颜色。这些颜色描绘着村庄的美丽和本真；这些颜色见证着村庄的变化和命运。

村庄的色彩　赵锋摄 \ 2012 年 . 郧阳

— 请把春天还给我 —

冬天过去了，请把春天还给我。

当冬天一天天离我远去时，春天正以同样的速度向我走来。以我们无法觉察的阵势，令人想挡也挡不住。

昨晚梦到春花烂漫和铺天盖地的绿色，把整个梦境装饰得绚烂无比。冬日的繁华过尽，寂寞如斯。细如蚊虫的呼唤，在某个瞬间逐渐加大了分贝，最后把春天叫醒。

那山涧里的一曲流响，从冰冻三尺的积雪里融化而来。其实它们才是春天真正的使者。它们从开始就等在春天的门口，然后，将这一泓清泉引向山外，把沿途的花草树木都染绿了。

河边的杨柳抑制不住自己的喜悦，喜出望外地把第一抹绿色展露出来，撩拨着水里的鱼儿，拨皱了一池河水。河边的小草也努力地往外钻，想看看此时它头顶上的那片天空到底是什么颜色。

空气里弥漫着暖暖的气息，轻轻拂过面颊，仿佛是婴儿的手抚摸着你，让你忘却了冬日寒冷的感觉。天空中的祥和明媚是风雪过后的轻舞飞扬。

春天如期而至，冬天用尽自己所有的努力都无力再停留。现在是它该走的时候了！

雪花飞舞的冬季，留下了多少动人的故事，演绎了多少恋歌。然而，理所当然的轮回，太多的留恋只能增添离愁别绪。

时光流转，季节更替，谁能阻挡。

为了迎接春天的到来，等待了整个冬季。那是一个漫长的等待，夹裹着太多的期待和愿望，用尽太多的情感和努力。原本鲜活的季节却要历经一次次冰与火的洗礼。

请把春天还给我！因为那本来就是属于我的，只不过是让我等待了太长的时间。春天早已在我的心间，因为它让我感触到了温暖和明媚的存在。

一年又一年的春天如期而至，不管你以什么样的心情去迎接，它都是带着能破冰的诚意和丝丝缕缕的暖人气息。寒风吹彻之后，你没有理由来拒绝，这暖暖的诚意、暖暖的温度。

请把春天还给我，还给属于它的地方、属于它的人。站在无人的风口，感受春风沐浴着的滋味。它是千回百转，是余音绕梁。

这便是春天的味道。能够闻到的人不能不陶醉！

请把春天还给我，给我，给大家一个春风沉醉的晚上，给我们一个品尝惬意的机会。它是细语叮咛，是彼此的心心相印。

这便是春天的灵魂。能够感知的人欲罢不能！

春天，我用心语唤醒你，并且一醒不睡了！

一把泥土

泥土是一个村庄的灵魂。

没有了泥土，村庄显现出来的只有贫瘠，像一个贫血患者脸上所表现出来的苍白和无力。

城里人一定无法想象泥土对于一个村庄、一户农家的意义有多重大。泥土是村庄不可缺少的养分。

一把泥土缔造一个村庄，泥土太少的地方不会有人去居住。一个村庄里，村庄和泥土是血脉相连的母子。

如果哪个村庄的泥土太少，就会被别人说这个村庄太贫瘠，就会被别的村庄嘲笑。泥土太少的村庄是村庄里的穷人。因为土壤太少，播种同样多的种子，上同样多的肥料，收成往往远远落后于土壤丰腴的土地。主人一定会埋怨今年的收成不好，就像埋怨一名不努力学习的孩子一样。

村里人对泥土都怀有一份特殊的感情。他们为了扩大自己的土地，总是不辞劳苦地从很远的地方用车把泥土拉回这个村庄。他们想：有了泥土，便有了土地。常常是几年如一日地改造一块土地，到处收集泥土。

泥土对于村庄里的每一个人都很重要。如果你一开始就出生在一个土地肥沃的村庄，你就可以生活得无忧无虑。我们的村庄就是一个有着一片肥沃土地的村庄。村里人就是凭借这片土地，生活得远比其他村庄殷实、富足。因为有了这片土地，村里人有了比别的村庄更多的闲暇，也不用像其他村庄的人一样为了吃上大米而四处打工。别的村庄的人也曾因此而妒忌过村里人，说村里人不就是拥有一片好田？要不就和我们一样。

村里人为了泥土也常常发生争执。有一年，是栽秧的时候，李根铲了张庆家田里的泥土，张庆气冲冲地跑到李根面前说："你为什么要多铲了我田里的土？"李根说："是我田埂边的土，我就是要铲。"张庆说："你把我的田埂都快要掏空了。"两人为此争执了半天。最后，张庆把自己的田埂上栽了几根桩，并且用竹子编成了一张网才算平息了这场争执。又有一年，从另一个村搬来了一家人，谁也不想把自家的土地让给这家陌生人。这家人成了村里唯一没有土地的人家。许多个年月，他们没有地方种菜、种庄稼，他们只能远远地遥望着村里的一片又一片的庄稼地一阵阵地发呆。

一把泥土贯穿一个乡下人的一生。一个乡下人来到村庄这块土地后，从小就要跟着父母到地里去，即便是做游戏也与泥土有着千丝万缕的关联。拿泥土当子弹，用泥土捏泥人、捏手枪、甩墙巴。这看来原始的泥土游戏却满载着一个乡下人童年时所有的快乐和理想。再大一些的时候，就要开始在庄稼地里跟着父母学做一些简单的农活。比如，如何翻地，如何播种……成年后，又要懂得怎样经营自己的土地，怎样用土地养活一家老小，怎样记住自家田地的地界。

从最初那个只知道玩泥巴的小儿到最后懂得经营和珍惜土地的老农。这之间其实就是一个不断成熟的过程，就是一次人生历程。

农人的一生走到终点，又是一把泥土掩埋了躯体，掩埋了风雨沧桑的岁月。村里人的一生从土地开始，又在泥土中结束。一把泥土缔造了农人的另一个村庄。

一把泥土造就一把庄稼，一把泥土就是一份财富。

一把泥土就是一个村庄的春天，因为这就是一个村庄的希望；一把泥土是一个村庄的秋天，因为它是一个村庄的收获；一把泥土又是一个村庄的开始，因为它就是一个村庄的衣食之源；一把泥土又是一个村庄的归宿，因为它就是一个村庄的母性胸怀。

一把泥土　赵锋摄 \ 2012 年 . 赵庄

– 村庄里的那些树 –

村庄与树

这个村庄几乎到处都有树。树遍布了她的每一片土地。山坡上、小路旁、房前屋后，整个村庄被树包裹。这是一个人树共生的村庄。有村庄的地方就有树，树是村庄不可缺少的伙伴。

村里最老的树应该是村庄南边山梁上的那棵巨大的槐树。村里人并不知道它在那儿站了多少年。因为它是树，所以没有人去打听它有多老。我悄悄地问村里的老人，老人说："我小时候，树就像现在这样大了。"如今，老人已经白发苍苍了，而树却依然绿叶如盖。老人们说："我老了，树却没有老。"这真是一棵不老的树，与树相比，人多容易衰老啊！

闫二家的果树林在村庄东边的山坡上。闫二很看重这片果树林。每年收获的季节，果树是无法抗拒的诱饵，人们会蜂拥而至地去看果树的收成，还可以品尝各种味道鲜美的果实。闫二每年都会在这个时候，露出灿烂的笑容。闫二说："这树真是给我面子。"有时候，树的诱惑力很大。一块平日看起来不起眼的山坡，因为有了树的花朵和果实，人们便会不辞劳苦地远远赶来。人们是冲着树的果实才赶来的，树依然站在那里。树是在用自己的果实和花朵来呼唤着人们。这样的呼唤总是让村里人心满意足。

小时候，家门口有一棵梧桐树。它太大了，几乎盖住了我家整个小院。这棵梧桐树像篮球场上的中锋，威武骄傲。每至夏季，梧桐树都会长满瓢状带籽的种子。微风吹过，成熟的种子就随风飘落，宛若无数绿色的小船在空中穿梭，在空中编织，编织的是一串又一串的梦。而它的叶子，又是上好的蒸馍叶。村里的妇女们蒸馍时最想要的原料之一。蒸出上好的馍馍，一家人就能吃一顿和美的晚餐。丈夫又会逢人就夸赞自己的妻子做饭的手艺高。

这些无言的树在村庄里生活着，用它的方式给予了村庄里的人们有情的表达。村庄里还有许多熟悉的和不熟悉的树，它在这个村庄就是这个村庄的一员。它以它的方式、形态存活着，它们对待村庄就像对待邻居、伙伴和亲人一样。发洪水的时候，它们保护着村庄的堤岸；炎炎夏日，它们给村庄送去清凉；村民需要造屋的时候，它们成了椽子和门窗……最终它们由一棵树变成了农家小院外的栏杆，变成了房里的凳子、桌子和家具，变成了农家灶下的灰烬，然后又会被送到主人家的菜园和庄稼地里。无论它们变成哪种形式，它们都没有离开这个村庄，都没有因为一时的变化而改变自己的命运。时间久了，村庄和树真的就融为一体了，有着血肉联系。

它们注视着这个村庄，同时也注视着生活在村里的人们。然后，在彼此的守望中抚摸着每一个共同走过的日子。这个村庄如果没有这些树，便没有了灵魂和生气。它们注定要在相濡以沫中共同生活、共同繁衍。

秋天里的枣树

入秋，沿街便有叫卖枣子的商贩，一车接着一车，蔚为大观。心里想：哪儿来的这么多枣子呢？看到这么多枣子，也想起了儿时的那些枣树。

儿时，乡间没有太多零食可吃，能吃的就是季节性的红薯、黄瓜、柿子、枣子一类的瓜果。因为这些瓜果不仅填饱了我们的肚子，采摘这些瓜果的过程中还增添了不少乐趣。

入秋，山野和各家房前屋后的枣子和柿子都日渐成熟。这是孩子们期盼已久的果实。此刻天气渐凉，没有下河洗澡的顾虑的家长放松了对孩子的监管。村里的孩子们对村里的枣树和柿子树的位置比大人们都清楚。

放学了，孩子们相约去摘枣子。说是摘，其实是悄悄去有枣树家的屋后“偷”摘。村里闫二家的枣树和果树最多，当然是孩子们的首选。闫二的老母亲也常常在林边看管，但她的腿脚哪是孩子们的对手。孩子们去摘枣子时都分好工了，大的上树，小的在树下守候，并负责捡从树上掉落的枣子和提醒有没有主人家来查看。

那时枣子并没成熟，但孩子们并没能阻挡住自己的好奇心。孩子们的蜂拥而至让闫二的母亲苦不堪言。即使被她发现，孩子们也并不真的害怕。她站在远处喊，孩子们并不理会，等她慢慢走过来，孩子们早已大胆地从她身边逃走了。她气急败坏，却无可奈何。

孩子们第二天再去，以为看守枣树的还是闫老太，谁知这次上阵的却是闫二,一群孩子像是一群惊弓之鸟。接下来几天谁也不敢再靠近那片枣树林了。

枣树林就在上学必经的路边，一次次地撩拨着孩子们。

但闫二并不是一点也不给孩子们机会。等枣子开始慢慢成熟时，每当他摘枣子时，村里的孩子们走过树林，他也会大方地给孩子们枣子吃。

在乡村，与枣子同时期成熟的还有柿子、八月炸和猕猴桃。枣子跟这些果实相比，口感和个头儿并不占上风。但孩子们却对枣子情有独钟。兴许是因为那时乡间枣树很少的原因。

这些野果在秋天次第成熟，满足着村里人的味蕾。孩子们不惜冒着危险上山采摘，只为吃几颗枣子。

如今，城里的大街小巷、超市商店成堆成堆地摆着枣子。在超市买几斤，拿回家给儿子吃。儿子刚吃一个，就大呼“不好吃，不好吃”。然后把枣子放下，再也不理了。

这是怎么了？为了这几颗枣子，当年我们甚至要爬到飘在空间的树尖采摘，为逃过主人的追赶跑掉了那双破旧的凉鞋，甚至为了等待时机不惜潜伏到傍晚。

那些充满童真童趣的每一个细节伴随着我们长大，深深地刻进了我们的记忆里。回忆中的微笑，是内心深处淡淡的青涩和甜美，犹如这秋天里枣子的味道。

那些枣树依然站立在故乡的那道山梁上，它们时而摇曳在我的记忆深处，时而又萦绕在梦中。孩子们没有这样的经历，自然并不知晓期间的那份自在和乐趣。于是食之无味。

饮食也是一种文化。舌尖上的味道左右着我们的喜好，那些儿时的趣事也同样给予了饮食情感和回忆。那些回荡在记忆里的童年味道，那些情趣还停留在故乡那棵枣树下。

一棵树一辈子

一棵树就这样一辈子站在我家的门口。它基本没有张望和想象过别处，就像一个老圣女一样守望着自己的圣洁和至爱。并且以此来塑造着自我的高贵和执着。

自从父亲栽下这棵树，它就开始了自己的站立命运。许多年过去了，小树长大了，成了大树。大树比以前站得还要稳健、雄伟。一棵树就这样站立了一辈子。

树沉默而孤寂地站了一辈子。

用一辈子去妆点它身边的房屋、山川、河流，成了一处风景。

“你站在桥上看风景，看风景的人在楼上看你。”

树就这样站在风中、雨中、雪中，从早到晚、从春到冬，直到永远。

树像是位老人，慈祥和蔼地目睹日子的逝去，岁月的变迁。它更像位智者，从不为眼前的东西所左右，它只是一言不发地站立。不发表任何意见，仿佛事物所有的变化和结果都只能容纳在它巨大的、漫无边际的沉默中。树的沉默太巨大了。它目睹着我们家的每个孩子长大成人；目睹着母亲走向她园地的每一个清晨；目睹着每个孩子从大学里满载而归；目睹着母亲每个秋日的丰硕收获。一切似乎都在它的意料之中，它并不因为人的喜悦而喜悦。它始终保持着自己的状态，相信自己的眼光。

有一群鸟儿常常来树上唱歌，燕子飞走了，蝉又在树上叫个不停。很多鸟儿凑在一起时便成了一曲交响乐。树是听众，是支撑，因为鸟儿很少到枯树上欢乐地歌唱。

又有一群蚂蚁爬到树的脊梁，它们想在树身上建造属于自己的家园。它们想让树感到某种衰老的征兆。蚂蚁在由衷慨叹自己的家园兴旺时，却不知自己的弱小如何能战胜树的强大。蚂蚁终究拗不过树的强大和睿智。树才是真正的胜者。

有一年，邻居家的女主人背着母亲在树下说她的坏话。树并不为所动，它知道那是邻居家的女人想搬弄是非……

又有一年，树下来了个缺腿的残疾人补鞋。补鞋人夏天就把树当作遮阳伞。补鞋人腿好时是当地响当当的年轻人。最初的几个月，补鞋人总是唉声叹气，备感命运的多舛。树没做声，只是甘心情愿地做补鞋人的遮阳伞，此后树上的枝更繁了，叶更茂了。那些时日，村里人都会看到这样一幅优美的面画：一棵如伞的树，树下坐着补鞋人，他的周围围满了人。补鞋人的生意一天天火了，树依然默不作声。它知道补鞋人此时已不再沮丧，心里充满了阳光；它更知道围绕来的人不光只是想补鞋，也还想在这棵“风景树”下歇荫，感受他们未察觉出来的诗意。

补鞋人后来又去做别的事情了，树却依然站着，慢慢老去。树下的人依然忙碌着，来一茬又走一茬。树不为所动，依旧保持着自己的站姿、形状；依旧用战士一样的情怀守卫着那份内心里的忠诚。

闫二家的果树

闫二住在村庄最高点的山丘，这也是村庄里少数几家远离人群的房子。那些房子孤单地竖立在那儿，像个孤独的老人。幸亏有一大片果林和他家是邻居。

果林的所有权是属于闫二的，所以闫二也是村庄里少数几个拥有果树的房主之一。闫二平时在村里少言寡语，也没亮开嗓子说过话。可是到了收获的季节，闫二可是个神气的人物。他在傍晚的时候，就扛着锄头在果园里闲转悠，看到枝头上挂满的青青的果实，闫二雄赳赳的步伐显得分外精神。他每天行走在果树林里，像是检阅部队一样注视着果树林。同时也享受着这果树林给他带来的心理喜悦与骄傲。谁家的孩子想靠近果林一步，他便夸张地提高嗓门说："站远点，别糟蹋我的果树。"眼神里盛满了无限的严肃和骄傲。

值得闫二骄傲的不仅是他的苹果树，他家的门前还有五棵年年都结枣子的枣树；他家的东边有两棵石榴树和五棵柿子树；屋后还有三棵橘子树。这些果树不仅吸引了村里其他人的目光，而且也让闫二在水果成熟的季节里像村长那样风光一阵子。水果一成熟，有人去果林，闫二便很慷慨地请人吃水果，人越多他越慷慨，尝到甜头的人们都当面夸闫二种的水果真甜！越这样，闫二就越绅士地说："明天再来。”

正是这些树给予了闫二巨大的荣光和喜悦。用闫二的话说：“这些果树真给我长脸了。”所以，闫二对这些果树也很精心。修枝、施肥、松土、浇水，他从来都不怠慢。闫二想，如果没有这些果树，他就没有让自己感到喜悦和风光的时候。就这样每到水果成熟的时候，闫二家是村里最热闹的地方，闫二也是村里最风光的人。

闫二极力地保护着自己的这片果树林，就像一个小学生珍藏着他每年得到的奖状和奖品一样。闫二每年都要投入大量的人力、物力来保护和改善自己的果园。果树间的地一年之中要翻好几遍，冬天还用稻草给果树保温，甚至把应该运往菜园的家粪挑到果园里去。为此，闫二的媳妇不满地说：“你何苦？每年的收成还不够村里人吃了。”闫二却毫不客气地反驳：“你女人家懂得个啥？这果园是咱家的‘门面’。”闫二说得对，要不是有果树，村里人谁也不愿意爬一面坡到他家串门。

闫二每年都巴不得自己的果树能硕果累累。这样他就能招待更多的客人。谁知有一年冬天，风雪压断了果树上几乎所有的树枝，一棵棵果树也被这突如其来的寒冷冻死了。为了救活这些果树，闫二几乎整个正月都在果树林里忙碌。可是大半的果树还是夭折了。那段时间，村里人都说闫二愁眉苦脸，像是他自己也经历了一场生死攸关的风雪一样。第二年果树结的果实果然很少，去他家的人自然也就减少了不少。闫二这年没能像村长一样风光，心里似乎像是少了点什么。遇到村里人，他也极自责地说：“今年的果子少……”支吾着避开人群。闫二甚至有些怨恨去年冬天的那场突如其来的风雪，闫二觉得是那场风雪把自己的一部分快乐和荣耀刮走了。

闫二和他的果树渐渐成了村里人的一部分。闫二也从那个孤单的山坡上搬了下来，和大家住在一起。他还想把自己房前屋后的果树都移走。可惜这树太大了，没有办法将它们移走。闫二无奈，他说："俗话说'人挪活，树挪死'，就让这些树与我先前的房子做邻居吧！让它们好好地活着。"

– 村庄里的它们 –

燕子故里

在乡下，几乎每家每户的屋檐下都有一个燕子窝。燕子窝其实就是燕子在每个村庄里的家。每至春天，每一个村庄都是一个人鸟共蓄的村庄。

是涌动的思乡愁绪催逼着美丽的燕子早早飞回，飞到离别整个冬天的故里——那个它们在南方的家。叽叽喳喳的叫声划破一路风雨，划破沉寂了漫长的冬日，也划破了静静的农家小院。燕子飞回来了，栖在熟悉的竹篱笆上，张望着主人是不是在家，查看屋檐下的巢是否完好。堂屋的门是开着的，房屋上有缕缕炊烟。美丽的燕子知道了，主人在家，在等着它的归来。

欣喜若狂的燕子飞进堂屋的门，飞进自己的巢。低头看看主人——那个去年刚过门的新媳妇。哦！她正在屋里淘米做饭。新婚过后的新娘脸越发红润，妩媚。甜蜜和幸福漫过了她的脸颊。犹如春风漫过整个村庄。村里聋子的媳妇来主人家串门，进门就看到了燕子，说:“哟！你家的燕子都回来了！”那口气俨然是在说主人家里远行的孩子！主人赶忙问:“你家的，还没回来呀？”聋子媳妇说:“没呢！燕子窝还好好的呢！就等它回来了！”燕子最懂人情，听完聋子媳妇的话，这就有些不安了。得出去看看村里其他的伙伴。

快乐的燕子在村里奔走相告，相互问候。这是它们的南方故里，是它们的快乐老家，长途跋涉算得了什么！冬日长长的离别思念又能怎样！都比不了这春天里的约会。也许有“一日三秋”的望穿秋水；也许有“肝肠寸断”的丝丝愁绪。但是燕子知晓，在不远的季节里，一切都将化为满天的飞舞、满天的歌唱。这便是了。“无可奈何花落去，似曾相识燕归来”，燕子知晓，它是远行的游子，终有一日会踏上先前遥遥无期的回家旅途。

燕子飞回，让整个村庄变得热闹、活泼。叽叽喳喳的叫声变成了播撒丰收和希望的讯息。多情的燕子总是在明月当空的夜晚悄无声息地飞走，又在春风烂漫的白天欢天喜地地归来。把离别的愁苦隐藏，却让春的生机大张旗鼓地闪亮登场。不愧是春之使者，无愧是春之精灵。

回家的感觉淹没了归来时的沉沉疲惫；春天的相会搁浅了冬日的漫漫愁思。有什么比回家的感觉更具诱惑力呢？我想，燕子大概也是一群经不起这种诱惑的精灵吧！

乡间蛙声

又到了初夏时节，在故乡的那片稻田里又多了一群忙碌的身影；又是那一群青蛙伴着新生和清唱走进了故乡的稻田，走进了故乡宁静而清凉的夜。

夏夜爽朗，天上星光点点，晚风吹拂着村庄，人们都静静地在家门口纳凉闲谈，玩耍的小儿却会四处奔走。当已经有些疲倦的村妇吆喝着自家丈夫和小孩回家睡觉时，村庄就开始慢慢归于平静。

但在村庄的小河里、稻田里、树林里却开始奏起乡村的另一种交响乐，它们是流淌的水声、低回的鸟语……夏夜静美，在皎洁的月光里，唯有田间喧嚣热闹，唯有这乡村之音彻夜不绝。

夜幕降临，初栽上的秧苗还在田间如浮萍般摇晃，蛙便憋足了劲，俨然是轻装上阵的戏子，亮开了嗓子，开始一夜又一夜地鸣唱。它穿梭于一个又一个田间，或跳或蹬，一路高歌，犹如雄鹰翱翔在自己的草原之上时的无限荣光。声音徜徉在浅浅的绿色之中，宛如春光乍现的清泉，丝丝入扣，韵韵有声，声音一经响起，便层出不穷，一个田间响起，另一个田间便跟着应和，如覆水漫延，铺张开来。声音的鸣叫总是错落有致、相互配合。有着大合唱的恢宏气势，也有着协奏曲的和谐与优雅。是谁指挥它们了吗？不，这是天然的声响、天然的和谐。它们是一群在为绿色而唱、为希望而歌的使者。

蛙声此起彼伏，传唱在夜色之中。向村庄倾诉心声，跟天空交谈心事。它们用优美的声音装点村里人的梦，它们只想用自己的方式为丰收做着自己的努力；只想把美和收获留下来。把这近似于天籁之音留下来，留给这个村庄、留给大地、留给心灵、留给村庄里的每一个人……

夜深人静了，就让已经沉睡的耳朵再次苏醒过来吧！倾听这乡村的韵律，就像倾听你心灵的律动一样，去倾听青蛙在这寂静如斯的夜里的欢快歌唱。

它们是一群穿梭在田间的歌者。用宁静而纯洁的声音陪伴稻菽一天天地成长。它们用一腔清亮鸣唱乡村之夜的大美，它们的声音像和弦，走进每一个村里人的梦乡。它们以自己的方式歌颂着庄稼人的梦想，盛赞丰收的喜悦。

南宋诗人辛弃疾的《西江月·夜行黄沙道中》写道：

明月别枝惊鹊，清风半夜鸣蝉。稻花香里说丰年，听取蛙声一片。

夜晚在书房里再读诗人的句子，内心仍能涌出一丝清冽和雅致。推窗侧耳细听，在城市的夜晚再难听到这清脆的蛙声，城市钢筋水泥的丛林里难有青蛙的容身之所，再难听到这天然之音。蛙声成了停留在乡村之夜轻柔的呼唤，成了童年记忆优美的回响。但只要我们心底一直保留这样的呼唤和回响，就一定能够倾听到来自我们心田深处弹奏出的梦想乐章。

乡间稻浪

又是一阵风吹开了故乡那片稻田的笑颜，宛如朴实的村姑送来的礼物，稻浪随着风自西向东，渐次铺开，笑靥绽放，多迷人啊！

故乡有一片肥沃而开阔的稻田，祖祖辈辈地养育着故乡的人们。于是，她成了故乡人的衣食之源，温暖之所。村庄就在稻田的旁侧，把她团团围住，簇拥着她，呵护着她。远远望去，稻田宛如一潭碧波、一汪绿水。她用清泉般的温度温暖着故乡的老小。

故乡的稻浪是一道亮丽的风景。她不是画家笔下色彩的组合，不是诗人眼里浪漫的意境，也不是歌唱家歌里音与音的编织，而是大自然的浑然天成，是大地与庄稼的完美组合，更是自然与人类的和谐之美。

翻卷的稻浪一层层荡开，绽放如野花，把饱满的果实呈给乡亲，把收获的喜悦传递给乡亲，把暖暖的关怀当成厚重的礼物赠给了乡亲们。

翻卷的稻浪一遍遍亲吻着路边乡亲的衣裤，乡亲们因此有了稻米的芳香。把它带回家吧！带给家里年迈的老母亲，带给如花的妻子，带给待哺的婴儿，带给……这便是了，全家人、全村人因此都拥有了果实的芳香和甜美的希望。

饥饿的年代，稻浪不只是寄托；丰收的岁月，稻浪也不只是风景，稻浪是故乡人生命长河中激起的惊浪。任他风吹雨打去，任他花落鸟惊心，稻浪是大地给予故乡人的勇气和力量，是庄稼恩赐给故乡人的温暖与希望。

故乡的稻田 赵锋摄 \ 2012年.赵庄

– 看戏的故事 –

儿时，乡村的文化生活相对贫乏，没有电，没有电视。看戏成了乡村文化教育娱乐的主频道，成了乡村人们的主要文化生活。

我的家乡在鄂西北，与豫剧的故乡河南省毗邻。县里也有专门的豫剧团，一年一度都会在各地巡演。每年正月和农闲的时候，豫剧团都会如期而至，仿佛是与家乡人不变的忠诚约会。每年正月，男女老少都穿戴整齐如同参加一个盛大的“宴会”般地去听戏。戏台是用简易的木头临时搭起来的。戏要开始了，小孩兴奋地呼朋引伴，大人们轻松地向知情者询问将要开演的内容。

正月暖暖的阳光，台上披红挂绿，装扮一新，粉墨登场的演员，优美而熟悉的唱腔回荡在喜悦的气氛之中。又是那段经典的《穆桂英挂帅》，又是那个演得入木三分的“小仓娃”，又是那些从遥远的地方赶来传递美丽和欢乐的使者。日日夜夜的排练，日日夜夜的望眼欲穿，今日变成了现实的欢乐，成了乡亲们心中的一抹亮色，一股暖意。

演戏的间隙是一片欢乐的海洋，乡亲们或喜形于色地回味，或窃窃私语赞叹，或彼此猜想着剧情的发展；又是那个小儿在忘情地蹦跳，又是邻家的大嫂在夸耀戏装的色调如何的美，又是那位脸上长满寿斑的老太太给多病的老伴慎重加衣。这戏还长，路也正长……

卸装之后的演员是别样的美丽。每天的黄昏是演员们休息的时间，漫步在乡村小路上的男女青年演员是乡村傍晚一道亮丽的风景。习惯了朴素的乡亲们突然有机会享受这亮丽的色彩。看，他们送来的不只是戏、唱腔和演技，还有美，是深长玲珑的美丽回忆。成群结队的小孩子远远地跟在他们的身后，他们跟随的或许不仅仅是美丽的人儿，漂亮的衣裳，而且是希望，是美。因为有了希望，美、幸福和欢乐满载着孩子的整个童年，盛满孩子们的一生。

年轻男女演员穿过小路，走到河边山上，或许他们已被那山那水那云陶醉，情景交织，爱意融融。因为他们深知自己除了现实的生活，还有一个“戏剧人生”，还有一个别样的角色。只有此刻，他们才能深刻地感受到自我，感受现实。

短短的几天里，乡亲们过了把“戏瘾”。乡亲们由此感到无比的欣慰。正月是一年的开始，这种欣慰鼓舞着乡亲们去健康地生活，充满希望地生活，充满希望地回忆。

这或许就是乡亲们一年之中最温暖的时刻。

这或许就是孩子们一生中最初最美好的记忆。

– 乡间小路 –

我上小学的时候，有两条路可以抵达学校：一条是大路，这条路上很热闹，有过往的行人与车辆；另一条则是相对寂寞的小路，小路多狭窄，路边长满了各种植物。这儿好像是它们的世界。它们都集聚在这里，这里仿佛就是它们的街市。因为人迹罕至，所以很寂静。除了寻猪草的妇人和放牛的老人，一般很少有人到这里。或许正是因为这里寂静，所以我才更愿意选择小路。

更重要的是，从我家到学校走小路，路程会比大路减少三分之一。如果哪天早晨贪睡起来晚了，我便抄小路飞奔着上学，这样一来就不会迟到，这条小路不知帮我躲过了多少次惩罚。而放学却正好相反，我可以跟伙伴们在小路边玩耍，摘桑果、捕蝉、抓蛐蛐，有时还能摘到红通通的柿子，放牛的十八爷还会给我们讲红军的故事。我们可以在这条静悄悄的小路上尽情地享受着快乐、享受着这幸福的童年时光。因为这条小路，所以更不容易被父母和老师发现。我们就可以玩到和十八爷的牛群一起伴着炊烟回家。

乡间的小路远远不止从我家到学校这一条。乡间的每一户人家与人家之间都是靠小路来连接的，每家人家与自家的庄稼地、每一片山坡、每一口水井、每一块墓地等之间也都有小路。这样一算，乡间的小路简直有些无法计算了。这样一来，整个村庄就交织成一张巨大的、错综复杂的交通网。似乎每一条小路都是不可缺少的。

当然也有例外的时候，如果哪一条人家与人家之间的小路荒芜了，可能这已经是不再来往的两家人；如果一位孤独老人的门前小路上杂草丛生了，这就意味着老人已作古了；如果通往水井的小路长满野草，村里就又有一口水井枯了；如果去往牛栏路上的牛粪干透了，这个村庄可能就又失去了一个上好的“劳力”；如果去往山坡庄稼地的小路已长满了小树，那就是又有一块庄稼地被主人遗弃。看来，路在这个村庄的用途不仅仅是为了走路，它可能更像村里每户人家生活的曲线图和关系图。

并不是所有的乡间小路都是人走的。有一些便不是人开辟出来的。譬如，一头逃跑的牛为了挣脱主人的束缚便会在庄稼地的中间踏开一条路，这路只有它走一次；譬如，荆棘丛生的山坡上的条条小路，都是村里一群羊的“杰作”；譬如，受惊的鸡鸭掠过屋顶，最后钻进了树林，这条小路只有它能走；再譬如，屋檐下的燕子飞向高空，然后又飞回巢里，这就是鸟的路。在这个村庄还有无数种动物走过的无数条小路。小路几乎占满了整个村庄。

每条小路都是开始。每条路的起点或许就是一个家，也或许就是一种牵挂和等待。温柔贤惠的妻子可能就在路口等候远行的丈夫；多情的蜻蜓或许正在绿草之上张望自己的爱人；慈祥的母亲也许正在呼唤自己的儿女回家。每一次的牵挂和等待都是一份温暖、一份关怀。

每一条小路也都有它的终结。人的终结就是村东边山梁上的那块墓地。作古的老人、英年早逝的年轻人、意外夭折的孩子都安息在这里。这是属于他们的村庄。动物的终结却远没有人那么讲究：那头健壮的牛就是不小心从岩上坠入谷底的；邻家的小鸡突然卡死在篱笆缝里；一群蚂蚁在回家的路上惨死在一只巨大的脚掌下。这个村庄可能到处都是它们的终结地。

这个村庄的路太多了，只不过有的路经常有人走，而有的路却很少有人走，甚至是只走一次就再也不走了。正是有了这些所谓的小路，才搭建起人们生活的路。无论人，还是动物，他们都一样在路上，从出生一直走到死亡。他们的忙碌塑造了他们的生活；他们的忙碌就是在路上的喜怒哀乐。

在这纵横交错的小路上，村庄里许多人、许多动物还在步履匆匆。有的是刚走出家门口，有的正在路上，还有另一些人却朝着路的终极地走去。这些小路，有一些大概早已荒芜，另一些小路却又在不同位置慢慢铺成。因此，是这些小路建造了整个村庄。

— 玉米四韵 —

玉米秆

到了夏末，在乡下的田野里。一定有一群赤臂的小孩坐在玉米地边。收获过后的庄稼地依然飘散着庄稼遗落在这里的芳香。孩子们其实并不是在意这些。他们是冲着地里的一棵棵站立的玉米秆。他们从玉米长大的那一天就开始了对玉米秆的渴望。

玉米秆多甜啊！每当此时，孩子们从来都是在地里吃个够。青青的苞谷秆，孩子们用嘴将皮咬开，饱含着浆液，玉米秆就是他们童年最好的饮料。遍地的玉米秆，让他们心花怒放。他们可以在每块玉米地里自由地活动，可以自由地选择而不担心有人会来找他们的麻烦。在村里人看来，玉米秆也并不稀罕。村里谁家没有几亩玉米呀？所以根本就不用防着谁家的孩子会跑到别家的玉米地里去。家乡不产甘蔗，却让玉米秆顶替了它的位置。

孩子们把玉米秆弄得一地狼藉，大人们并不责怪。大人们说，玉米秆烂掉在地里也是上好的肥料。遇上天干，玉米秆长不了几天水分就没有了。为了抢季节，大人们就催着孩子们早点下地把玉米秆给砍了。孩子们极不情愿地拿着刀下地，边砍还边找一些鲜嫩的玉米秆来吃。大人们看到了也不言语，只是催孩子们要快点砍玉米秆。其实大人们也想孩子们多吃点，以免孩子们喊饿，闹人。

大片大片的玉米秆被砍倒了。空旷的田野里是一捆又一捆的玉米秆。它们或者是被运回家，或者是被靠在地边，或者是被主人付之一炬成了地里最好的肥料。被运回家的玉米秆大多成了猪、牛的垫草。

再后来，村里人觉得玉米秆就这么烂掉确实有些可惜。于是，村里从外地引进来了一台机器，这种机器可以将玉米秆上的叶子粉碎成细面，而这种细面是喂养家畜上好的饲料。于是，村里人再也舍不得让玉米秆就这么白白地烂掉了。玉米秆竟然也可以派上了用场。村里人因此喜出望外。他们真没有想到以前一文不值的玉米秆也能用来喂养家畜。玉米秆从此给村里带来了希望。

玉米秆也因此而身价百倍。它们不再仅仅是孩子们的佳肴，更多的是福音。

玉米花

玉米花几乎是每一个乡下的孩子上学时都曾经带过的零食，也是几乎所有乡下人都喜爱的一种食品。玉米花填满了所有乡下人的童年、中年以及老年。

在乡下，村里人把玉米花称“苞谷花”。这样的称谓更来得亲切、朴实，更像庄稼人的脾气。

几乎所有乡下孩子上学都有这样的经历。早晨上学了，出门前，母亲总会从家里的板柜里用双手捧出一大捧苞谷花塞进孩子并不大的书包。然后才放心地看着孩子背着鼓囊囊的书包，高高兴兴地上学去。有时，早饭没吃，奶奶就叫住孙子说："来，奶奶给你捧一捧苞谷花，免得上课饿得慌。"上课时，老师正在讲课，突然想起书包里的苞谷花，便不由自主地掏出几颗，趁老师转身写字的时候将苞谷花塞进嘴里。放进嘴里也不敢大胆地嚼，只能慢慢地，轻轻地嚼着。一不小心嚼出声来，被老师发现了，又得罚站了。班里几乎所有的学生都因此而被罚站过。大家只是相互会心地笑着，并没有相互取笑的意思。

在一户农家或者是一个乡下的小孩身上几乎一年四季都有苞谷花。它们几乎是所有乡下人永远都不会吃厌的零食。它也是所有乡下母亲打发孩子嘴馋和饥饿的最好方法。

苞谷花的制作方法很简单，只要将苞谷晒干然后放进锅里用小火不断翻炒直至干脆可嚼既可。因为方法简单，所以乡下的大人小孩几乎都会炒苞谷花。家乡的人说玉米花很亲切，家乡人说话时喜欢用"儿"话音。所以在说苞谷花时就显得更为亲切。

苞谷花不仅容易制作，而且也方便保管。家乡人总是喜欢将苞谷花装在木桶里，或者是一个干燥的袋子里，把它挂在墙壁上。既通风又可以避免被老鼠偷吃。孩子放学了，大人也从坡下干活回来。饿了，想吃苞谷花了，就把木桶打开，或是顺手从墙上把袋子取下来就可以吃了。

更有细心的母亲，也会变着法地做苞谷花。她们把蜂糖加温化开，然后把炒好的苞谷花用蜂蜜粘在一起，形似拳头大小，很好看也很好吃。美丽而善良的村妇们给它取了一个很好听的名字：苞谷花糖。逢年过节，好客的女主人还会把它们拿出来招待客人们。

有一年，外地来了一个用机器炒玉米花的人。用机器炒得的玉米花“花”很大，也很好看，村里人都觉得很新奇，于是就成群结队地去用机器炒玉米花。一些时日过去了，村里人发现自家屋里用机器炒的玉米花没几天就变“皮了”。远没有自己炒的好吃耐放。村里人还是愿意吃自家锅里炒出来的玉米花。自家炒的玉米花多香啊！

到了冬季，正是农闲的时候。一家人就围坐在火炉旁，母亲会端来一盘玉米花。大家一起嚼着玉米花，同时也在咀嚼着一年的丰收和喜悦。一颗颗小小的玉米花就是农人们一个个香甜的日子，一颗颗小小的玉米花编织的却是一年又一年的希望。

也许玉米花只能是乡下孩子的零食，也只能受到每一个乡下人的青睐。但玉米花却是乡下人挥之不去的一种情结。玉米花伴随着乡下人走过了许许多多的清贫、饥饿然而却又朴素温暖的日子。它们给予乡村的更多的是一种微薄然而充实的关怀。

玉米粥

小时候，每家每户的早餐大都是玉米粥。吃玉米粥似乎成了乡下人的习惯。

如果哪家小孩对吃玉米粥不满。大人们一定会这样安慰：吃了玉米粥，又白又胖，还会聪明。小孩听大人们这么一说，就大碗大碗地吃得津津有味，而且在心里一直都会记住这句话。

村里人几乎都爱吃玉米粥。从小就这么吃到大，成了习惯，想改都改不掉。村里的庄稼地里就数玉米最多。村里人说别的庄稼可以少种一点，就是不能少种了玉米。地里一大片一大片的玉米其实就是庄稼人的一个又一个的指望。

玉米粥是乡下人的“救命粮”。乡下人对玉米粥有一种说不出的亲近。

日子一天又一天地过去，饭碗里的玉米粥却始终没有变。越吃越香的玉米粥成了村里人永恒的牵挂。

乡下的孩子们在学校吃的也是玉米粥。有时甚至一天三顿都是玉米粥，孩子们并不觉得有多难吃。在家天天都吃这些也不嫌弃。把从家里带来的臭豆腐或者是酱豆放在玉米粥上，大口大口地吃着玉米粥，香死了！这曾经是乡下每个学生最为经典的吃法。就这样从住校那天开始，一直到毕业。

不仅人吃玉米，牲畜也吃，村里人种玉米更为重要的作用就是用来喂牲畜。快过年了，也快要杀猪了，但是猪并不是主人理想中的那样肥。那就给猪长长膘，直到这时候，主人才会将家里存的玉米拿出来喂猪。

小孩子长大了，他也要开始种庄稼了，也要学会用庄稼来养活全家的老小。父亲也不管儿子要在地里种什么，故意不给尚还年幼的儿子出主意。面对土地，他就要开始思考着怎样去经营好这片地，要在这片土地上种些什么……他想起了父亲说的：什么都可以少种，就是不能少种了玉米。那就多种点玉米吧！其实，不是父亲不愿意给儿子出主意，他是在考验儿子会怎样经营他曾经劳作过的庄稼地，看看儿子能不能养活这一大家子人。

到了秋天收获的时候，遍地的饱满的玉米穗，小伙子来收玉米。看到自己种出来的玉米，内心充满了无比的自豪。地边有一群孩子早早地站在那儿，那些孩子是想吃到鲜嫩的玉米秆。看到这些孩子，他想到了儿时的自己。他似乎闻到了扑面而来的玉米粥的醇香，这是一种回忆的温馨，也是一种庄稼的味道。

世世代代的乡下人割舍不掉吃玉米粥的习惯。心灵手巧的村妇也会做玉米饼子、玉米干饭、玉米窝头等，但是家乡人对玉米粥却情有独钟。

玉米酒

我的家乡盛产玉米酒。

老人们说，自古这里就盛产玉米酒，溯其源是家乡古时秀才众多。有酒必有秀才，老人们自圆其说。

家乡的玉米酒其实是粮食酒的统称。高粱酒、红薯酒、柿子酒皆以玉米酒称之。家乡人说用“玉米”特亲近。

每逢有亲朋好友来串门，家乡人必毫不犹豫地把自己酿造的玉米酒拿出来。奇怪的是不管客人来自何方，凡会饮者皆不介意，说这是好酒，色味俱佳。

与市场上出售的品牌酒相比，家乡的玉米酒似乎少了一些华丽和修饰，这倒愈发显示出它的朴素和古老。它们大多数都是被塑料胶壶和葡萄糖瓶子洗净后装好，外表虽不华丽，却质在其中。

家乡的玉米酒其制作过程大同小异，烦琐精细却不拘一格。老人说，这独到之处就在踩曲。这曲踩得好与坏，就必定影响到酒的味道、劲头和色泽。

家乡人几乎家家都有酿酒的习惯，但是各处的口味、气色都有着很大的不同。日子久了，家乡的玉米酒也有了一些名声。在外地工作的家乡人总忘不了这玉米酒，走时也不忘拎几壶去走亲访友。这酒变成了游子对故乡的一点牵挂和慰藉。他们在酒香中体味和消解着那份淡淡的乡愁和对故乡的眷恋。

时下，各种名酒、饮料充斥着市场，而在家乡人的眼里，玉米酒永远都是最好的。玉米酒的酒香依然洋溢在家乡的群山峻岭之中，游子们依然在用最原始的朴素品尝着最真挚的乡情。

一第二辑一 飘逝在村庄里的雪

三十年前
你从柳树梢头望我
我正年少
你圆
人也圆
三十年后
我从椰树梢头望你
你是一杯乡色酒
你满
乡愁也满

——舒兰《台湾》《乡色酒》

- 飘逝在村庄里的雪 -

这个村庄已经有好多年都没有下过一场像模像样的雪了。村里的老人们对此越来越不满。

进九已经很长时间了。下过几场雨后，天就一个劲地晴，根本就没有下雪的意思。年轻人甚至连毛衣都懒得穿。往年这个时候，村里的张大爷早就开始在家里的火炉边生火，有时也叫上隔壁的李根爷。今年，张大爷早就把过冬要用的柴准备好了。就等着，天一下雪，他就开始生火。

天，一天又一天地晴过去。似乎没有下雪的兆头。张大爷这可真急了。他开始留心中央电视台的“天气预报”。有一天，他终于听到下雪了。那地方他年轻时在那儿待过。那里的天贼冷贼冷地。在屋外撒泡尿，不一会儿就结成了冰。张大爷说：人家那才是冬天呢！

村里的老人们就爱过冬天。在老人们的眼里，冬天才是可过的季节。春天阳气太重了，老人们哪受得了那折腾。活过了像夏天一样热烈的青年时代，老人们再也不想经受那份颠簸了。秋天的大地沧桑阅尽的那份成熟连老人们都看不过眼了。他们才不想把眼前的沧桑和内心的那一份相互叠加，怕打扰了他们几十年才活明白的从容、坦荡和轻快。活过几辈人的年龄了，还舍不得一个又一个陪自己的冬天。

村庄只是背景，没有了雪，村庄还剩下什么？

老人们想着小时候，雪一下就是两三天。雪停了，推开家门，厚厚的雪挡住了迈出的脚步。门前的台阶都快要看不见了。张大爷站在道场边打量着村子。村东头聋子刚过门的媳妇穿着新婚的大红袄子正准备扫门前的积雪。一个村庄的积雪把聋子媳妇的红袄衬得格外刺眼。张大爷像是被电了一下，急忙把眼睛收回来。那时候，张大爷也快二十了，还没找媳妇。看到聋子的媳妇，他心里直痒痒。聋子媳妇那是外地来的，人长得漂亮，也不怕生人。看见张大爷，放开了嗓子就喊："兄弟，起来这么早干啥？过会儿来陪你聋子哥喝酒。"妈呀！聋子媳妇咋这样？刚来才几天就这样胆大。张大爷心里先是一惊，不过心里仿佛暖暖的，大概是聋子给他媳妇说了他们从小就是最好的兄弟。他回到了屋里拿铁锹也开始铲自家门前的积雪。这时，村里人已陆续地都起来了。先打扫自家门前的积雪，接着就踩着没膝的雪把各自通往大路，各家与各家的小路也扫通。有了路与路的连接，这才像个村庄的样子。被雪覆盖的村庄像是一片被荒草占据的野地。有路的村庄才是一个真正的村庄。

一年又一年，雪在这个村庄里下过一次又一次。年年如此，就像是与村庄不变的约会。雪仿佛是天上飞来的精灵，罩住了一个又一个村庄。一年四季，雪犹如粉墨登场的舞者，想象着一年又一年在村庄这个舞台上舞蹈。

那一年，聋子的媳妇都给聋子生了白胖胖的儿子，张大爷还没有娶上媳妇，张大爷心里可着急了。一个雪夜，张大爷又从聋子家喝酒回来。他和聋子都喝醉了，只有聋子媳妇送他出来。雪地里，张大爷看到了聋子媳妇产后越发成熟和滚圆的身体，心花怒放，就像天空飘飞的雪花，飘在张大爷对爱情的渴望中。在雪花飘飞的门口站着张大爷的妈。张大爷还没走到门口就倒在雪地里，嘴里还不停地对他妈说:“妈，我也要娶媳妇……”妈妈为难地看看聋子媳妇说:“六娃子，没出息！”其实，她心里比张大爷还急呢！

而雪全然不顾这些，还在毫无顾忌地下着。在张大爷爱情还没有来临的时候。雪一次又一次地用它的体温撩拨着张大爷对爱情的神往。张大爷的冬天必须用爱情的温度才能抵挡得住。

村庄里的雪越来越大了，似乎想盖住张大爷对爱情的向往。但是雪还是没有最终战胜张大爷爱情的来临。那年也是一个下雪天，张大爷迎来了他这一生最让他心动和幸福的时刻。那个大雪飘舞的夜晚，他终于将新娘娶进了他畅想和准备了多年的新房。那夜的雪下得多大，张大爷并不知道。大家欢欣鼓舞地在洞房里“闹洞房”，新娘是外地人，比聋子的媳妇还年轻、漂亮。爱情和雪花同时在这个夜晚降临到了这个村庄，降临到了在村庄里等候了多年的张大爷的身上。许多年以后，新娘、雪和幸福常常一同出现在张大爷的梦里。

一年又一年地过去，村里迎来了一个又一个的新娘。村里有许多年轻人都像张大爷当年一样幸福和甜蜜。

一年又一年地过去，新娘脸上的皱纹越来越多，但是村里的雪却一年比一年下得少了。在张大爷的眼里，雪少一分，回忆便会随着少一分。雪正在这个村庄里慢慢地飘逝。如同幸福，如同属于年轻，属于爱情，属于生命的那份甜蜜和激情。大雪飘飞的夜晚是属于生命的畅想曲，是跟随生命的伴奏带。

没有了在雪里那一条条经纬分明相连的小路，村庄仿佛失去了它原有的样子，失去了它潜在而永难割舍的联系。少了雪的掩衬，村庄是只有背景和底色的画。正在飘逝的雪，是正在流走的回忆和美丽。

老伴走后，张大爷独自一人在村庄里生活。老伴走了，雪也飘逝了，张大爷成了孤独的老人。没有了雪，张大爷拿什么去想念恋人？去温习那个一生中最幸福的夜晚？雪飘逝了，又拿什么想念？雪正在像告别恋人一样告别着村庄。都说相思苦，村庄拿什么去想念那些正在飘逝的雪……

飘逝在村庄里的雪　赵锋摄　\　2012年.赵庄

– 乡村油坊 –

到了春季，村庄里几乎所有的庄稼地里都被油菜占据了。它们在尽情地渲染着这个村庄，仿佛村庄就是它们的。也不管村里的老少会不会在意它们的长势和色彩。它们一排排整齐地站在田地里，从幼苗、发育、长出大片大片的叶子，然后绽放它美丽的花朵，将村庄装点得绚烂。村里人看着这一地的花开，满心欢喜。

花海中蝶蜂成群飞舞，它们辛勤地劳作成就了村里人的希望和收获。同样辛勤劳动的还有村里的人，他们观察油菜花的长势，花开过后，菜籽就要出场了。它们均匀地分布在油菜枝头，在阳光雨露的作用下，静静地生长，送走太阳，迎来月亮和朝露，油菜开足马力生长。

转眼五月到了，油菜也到了收获的季节，村里人趁着晴朗的天气迅速把它们收割回来。油菜在村里人的眼里只是庄稼的配角，却又是必不可少的农作物。菜籽油也同样是农家餐桌上不可缺少的角色。

村里的油坊在村东头的小溪边，一排五间的高大瓦房，每到夏季，这里便堆满了附近村民送的菜籽，每家的菜籽过称之后主人都会悄悄在自家的袋子上做上记号，接下来就是等待榨油的日子。整个夏季，油坊成了村里最热闹的地方。各家都期待自家的菜籽能早些打出油来。村里的大山爷是油坊榨油的老把式，整个夏季他都在油坊里度过。村里的人等得着急，催大山爷几句，老队长听了，吆喝着说："你们想把大山累坏啊！啥时候吃油不是一样的，早一天还能多出二两来？"

老队长没说错，但每一滴油都控制着村里人的味蕾和期待。大人们渴望自己的收成，小孩子更希望母亲给自己炸油馍，或者把他们此前在河里抓来的鱼炸了品尝，想想心里就美滋滋的。漫长的花期过了，油菜在村里人眼里早已化为另一种美丽和期待。

油坊里除了几个榨油师傅，还有一头拉磨的老牛，老牛日夜不停地拉磨将菜籽压成面，完成菜籽进入油坊的第一道工序。整个夏季，这头牛都要在这间房子里度过，隔壁就是堆积如山的油菜籽。

大山爷是村里油坊的总管。他头脑灵活，还力大如牛，大家都服他。整个夏天，他和三个搭档没日没夜地榨油，这将是一个极其辛苦而艰难的夏季，与流汗和劳累为伴。大山爷有四个孩子读书，家里负担也很重，每年这样劳累都是为了让孩子多读几天书。

将菜籽变成油的过程是一个复杂烦琐的过程，几乎每一个工序都是汗水浸泡出来的。能在村里油坊干活的都是健壮的汉子，一般人是经不起那样劳累的。从炒菜籽到压榨，每一道工序都需要足够的力气和耐心。村里每家人都希望自己的菜籽能榨出更多的油来。这同样也是大山爷的愿望，村里人的信任和期待最重要。

那年村里有名的泼人竹筒子嫌油榨少了，站在油坊的院子里大吵大闹说大山爷昧良心，榨的油缺斤少两。村里人都信任大山爷的人品，并没有人相信竹筒子的话，纷纷指责她污蔑大山爷。大山爷站在油坊门口一言不发，人群中有人大声说："大山爷不是那种人，别听她瞎说。"也有说："大山爷榨了这么多年油，从来没听说过缺斤少两。"人群散去，竹筒子的谩骂声仿佛还在大山爷的心里，他独自坐在油坊前小河边的青石板上，仿佛村里受委屈的孩子。

油坊每到夏季是孩子们最想去的地方。帮着大人把菜籽运到油坊过称之后就是漫长的等待了。油坊里的制作流程吸引着孩子们的眼球，尽管这一过程充满了艰辛和劳苦。但这些即将长大的孩子身上有的是力气，正跃跃欲试自己的力量到底有多大。几个孩子一起，更想相互比试比试。油坊外面有一条从远处高山深处流下来的小河，河水不大，河面不宽，但河水甘甜，清澈，而且清凉。在油坊不远处就有一处几十米见方的水潭，刚刚扛过菜籽袋的孩子已是汗流浃背了，那一潭碧水正是莫大的诱惑。大人们往往在这个时候网开一面，并不阻挠孩子，孩子们在潭水中嬉戏打闹，欢快无比。

每个午后香喷喷的油都顺着油槽涓涓流出，一天的劳累就等这一刻了。甚至是每家每户整整一季的渴望。孩子们都渴望着油领回家的那天晚上。母亲们一定会在这顿晚餐中让孩子们解解馋，给孩子们烙油馍，和着刚切好的韭菜花，满屋飘香的，孩子们满脸笑容，母亲们看在眼里，一脸的沉醉，一如春天庄稼地里绽放的油菜花。这一天一过，菜油壶就被收藏起来，母亲们会平均分配给今后的一日三餐，让每天的生活变得丰富而有味道，日子因此变得充盈而香甜，一如春天的味道。

乡村油坊依然忙碌，一家挨着一家地在院子里等着，大山爷忙得不可开交，几乎不能停下来歇一天。大山爷性格好又讲诚信，方圆几个村子都不怕路远，把菜籽运到这里来。每年夏季油坊是最热闹的地方，孩子们也愿意到这里享受这份独有的乐趣和快乐。在这孩子们喜爱的季节里，大山爷却在一年又一年的劳累中把腰压弯，他的四个孩子在他劳累的时间里一个个长大成人，走出村庄。

乡村油坊是油菜从播种、成苗、开花、结籽，最终化为油的归宿居所。它的食用价值经由这里得以最终体现，仿佛一个人在村庄里从幼年、童年、成年、娶妻生子，最后终老，并且在村庄找到自己的落叶之地。油菜、人，因为土地的连接，在村庄里繁衍生息，因为土地，他们才在生命的链条里有了某种或无意或必然的沟通和关联。

乡村油坊里飘出的油香犹如一个个漩涡，穿透整个村庄，穿透每个村里人的童年，香醉一生。但大山爷却没能继续自己的营生，就在壮年之时戛然而止。五十岁那年冬天，忙完整个夏季，他该歇歇了，但却突感体力大不如从前，身体也一天不如一天，他的呼吸也不通畅，经查是淋巴癌。村里的人都不相信，心里也不愿意接受。也有人说是不是大山爷长期给村里人打油，把喉咙弄坏了。熬过了这漫长的冬天，大山爷终于熬不住了。第二年春天，村里田地里开满了油菜花，大山爷却轰然倒下，这个体壮如牛的汉子，告别了一家大小，告别了这一地的油菜花开，告别了他吆喝声声，挥汗如雨了几十年的油坊。村里从此也少了一个油把式。

- 乡村照相馆 -

村里的聋子在外面流浪了十年，回来时带回了一个外地姑娘。她就是聋子未来的媳妇。为了拴住这个姑娘，聋子回来的第二天就带她去乡政府大门外的照相馆拍结婚照，然后走进乡政府院子里民政办公室办理了结婚证。

他们照相的地方就是镇上老陈开的照相馆。这是一个很简陋的照相馆，两间平房，迎面的墙上挂一张有图案的装饰布，左边墙上开了一个窗口就算是门脸了。门脸外墙方木板上，老陈请中学的老师用毛笔写了“老陈照相馆”，算是招牌了。这是镇上唯一的一个照相馆。

其实老陈并不是光照相。老陈从边远的村子来，先是在街上补鞋。他人很聪明，但手有残疾，右手被大火烧伤，只剩下大拇指和中指。补了几年鞋，聪明的他发现来镇上民政办领结婚证的人很多，但好多人并没有结婚照，只好跑到邻近的镇子去照相。他想何不自己也开个照相馆，不仅可以解决乡亲们的难处，还能挣到钱。于是，他毫不犹豫地把自己补鞋攒下来的钱托人从城里买了一台“海鸥”牌照相机，添置了冲洗工具、红布和桌椅板凳，开始了自己的照相生涯。

照相机有了，可老陈不会照，更不会冲洗照片。加上他右手残疾，很不方便。于是，他学着用拇指扣住机身，中指操作快门。老陈说：“老天爷对得起我，还给我留了一个指头按快门。”老陈之前根本就没摸过照相机，哪会拍照片啊？更不会洗照片。最早看到相机还是老陈上中学的时候，学校从镇上请了一个照相师傅，给大家照毕业照，他兴奋极了，还背着母亲跟同学合了张影。

照相机买回来了，老陈背起照相机就到另一个镇上的照相馆找师父学徒去了。无独有偶，镇里的照相师父也是个手有残疾的中年男人。此人瘦高个，长得很像俄罗斯人，为人严格但很仗义。老陈算是找到知己了，上门讲明自己的想法，镇里的师父欣然答应。老陈跟着师父学了半个月，也基本掌握了照相和冲洗的技术。回到镇上，老陈按师父教的要领开始像模像样地给乡亲们照相了。很快一卷胶卷用完了，有结婚的、办证的、拍全家福的……老陈跟大家说一周后来取照片。老陈在暗房里试着取出胶卷，学着师父的模样开始冲洗照片，结果相纸上什么也没有，是怎么回事呢？老陈急了，慌忙去把师父请来，师父一看说曝光过度，冲洗方法也不对，胶卷算是废了。老陈低头不语，满脸怅惘，乡亲们来取照片该怎么交待啊！胶卷坏了算我的损失，乡亲们等着办的事可咋办呢？老陈心里暗自苦恼。老陈媳妇气得够呛说：“不让你弄，你不听。这是高科技，你也搞得懂？又把一个月生活费白搭进去了。”

还是老陈的师父仗义，安慰老陈说：“我第一次冲照片也是这样的，坏了就坏了，再跟我学一阵子就行了。以免误了乡亲们的事。”老陈又跟师父学了一周的冲洗技术。老陈手残疾，但肯动脑子，自己跟师父边学边悟。每天都跟师父在暗房给四面八方的乡亲们冲洗照片。

老陈的照相技术越来越好了。镇里的小学和中学毕业时成了老陈最忙的时候。除了毕业照，也有赶时髦的女生悄悄攒下钱来，趁照相馆没人的时候偷偷地找老陈去小河边、草地上、柳树下拍两张照片留作青春纪念。

老陈的照相馆虽然简陋，但它却给镇上的人带来不少的方便。老陈年幼家贫，残疾后更能体会到生活的艰难。没到镇上来之前，父亲一直担心她的婚事，怕儿子找不到媳妇。老陈勤劳能吃苦，在镇上给大家补鞋，遇到有困难的乡亲他就不要钱。久而久之，镇上的人都说老陈是个好人，老陈跟镇上的人们成了朋友。他继续在镇上给乡亲们照相，原来附带的补鞋也没再做了。因为他一个人忙不过来，镇上只有他一家照相馆，自从知道他开照相馆后，镇上的人再也没去过别处照相了。老陈的师父曾经跟他开玩笑地说：“你把我的生意都抢了。”

老陈照相久了，也懂得了怎么把照片拍得更美，甚至一度还跟师父学会了给黑白照片上色。生意好了，老陈就把自己给大伙拍的照片冲洗出来，然后用玻璃相框把照片镶嵌进去，挂在照相馆的外墙上供人观看。那时镇上除露天电影院的电影海报以外，就数老陈照相馆门前人最多。小伙子、大姑娘、小孩、老人都在这里驻足。

时间久了，老陈能熟练地拍各种证件照，也更清楚了乡亲们的需求，明白他们到底想要什么样的照片，更了解不同人群在拍照时想要什么样的姿势，拍什么样的自己。老陈拍出来的照片越来越受到乡亲们的欢迎。镇上的中小学生毕业时要拍照片，成人办身份证时要拍照片，长大成人结婚时要拍结婚照，过年一家人团圆时要拍全家福，老陈用自己的相机见证和记录下了乡亲们一生中每一个重要时刻，用影像定格了每个人的历史。

春天来了，老陈也趁闲暇之时，拍村边的庄户人家、拍山坡上的古树、拍清澈无比的河水以及游鱼、拍淌着鼻涕的农家小男孩、拍年逾古稀的老人、拍正在农家小院办婚礼的新媳妇、拍满山遍野的春花……兴趣浓时，老陈还带上媳妇一起，自由自在的。镇上人都说老陈像个城里人了，学会浪漫了。

老陈用相机把这些影像都记录下来了。不管他是有意还无意，他都记录着小镇上人们的生活和人生的重要时刻。

— 父亲的庄稼 —

回老家看望父母，走时父母将今年秋收的新米让我带点回去，说让我们尝个新。

新米香甜、温润、筋道、天然，亦如母亲温和的目光，让人感念又难以忘怀。父亲从乡政府退休后就与庄稼为伍，终日忙碌于此，乐此不疲。偶尔到城里小住几日也坐卧不安，问他，他说："家里的庄稼无人照看，放心不下。"率直的二姐说："我们也需要照看，您多住几日不行？"但几乎每次都是乡下的庄稼占了上风，父亲还是选择看乡下的庄稼。兄妹几人起初并不能理解父亲，觉得父亲对庄稼太过认真。

父亲做了一辈子乡镇干部，工作时也一直兢兢业业，从不马虎，即使在农忙时，他也从不会因为庄稼而停止手里的工作。那时的他对工作的勤勉和努力远远超过了庄稼。未曾想，退休后，他突然把热情转向了庄稼，像是对庄稼的补偿，把庄稼看得极其重要。从最初只种菜地，到现在种水稻、种玉米。他一刻不停地关心、打理庄稼，一如他面对当年的工作和日复一日的公文材料一样认真。

每一个清晨他把原先用来跑步锻炼的时间用来查看菜地和庄稼。他把原本租给别人的稻田收了回来，自己去种。自己做不了就请人做。他精耕细作，把别人种瘦了的稻田重新养肥，每年到插秧的季节，率先请人帮忙，然后是看水、锄草，几乎每天都会去田边走一趟。稻田也很争气，稻子的收成一年好过一年，他也因此备感欣慰。

我们年幼时，只有母亲打理家里的庄稼，除此之外，她还要给十里八乡的乡亲们做衣服。繁忙的工作并没有留给父亲多少时间去关心自家的田地。故乡有一片肥沃的稻田，我家的稻田在这片稻田的中心地带，也算得上是好田了。但因为缺乏过硬的劳力打点，稻田像匹瘦马，每念至此，母亲就显得无奈。父亲是个胖子，并不适合做农活。母亲常常为农活发愁，别人家都可以换工，很快就把秧苗插上了。要强的母亲并不示弱，一定趁早去找本家的亲戚来帮忙。一年又一年，田里的秧苗并不比别人差多少，但母亲背地里却没少花心思和精力。

父亲退休后，从一开始侍弄花草，到后来把大部分精力都交给了庄稼和菜园。远在京城的哥哥一度反对他这么努力地种庄稼。时间久了，父亲依然如故，就像当年他热爱自己的工作一样。父亲又是一个极认真负责的人，对什么从来都不会马虎。哥哥自此也不便再说什么了。

人一定要贴近大地生活。我想父亲无疑是这样的人，也做到了这一点。他与庄稼为伍，以土地为舞台，演绎着属于自我的生活内涵和真实体验。父亲辞别往日的机关生活和作息时间，将双手伸向他全然陌生的庄稼和农活。他一定在内心和操作上历经了较为漫长的过程。父亲年幼时家境并不好，为了能让他多读几天书，一家人倾其所有，能干的老太太并没有打算把这个孙子的命运寄托给土地。她希望孙子能通过读书来改变命运。这样的观念后来同样传递给了父亲，父亲母亲咬牙供我们兄妹四人读书，上大学。

我们读书的那些年月，是父亲最捉襟见肘的日子，不敢抽烟，不敢添新衣服，几乎所有的工资都用于支付我们的学费了，母亲不仅要打理庄稼，还用空余时间给方圆百里的乡亲做衣服。儿时许多个夜晚，我们都是在母亲踏缝纫机的“哒哒”声中睡去，一觉醒来，母亲还坐在缝纫机前裁剪衣服。她用自己的手艺编织着乡亲们的衣服，同时也编织着自己对儿女的爱和梦想。不论熬夜到多晚，母亲仍然会在第二天清晨第一个起床，准备全家的早饭，开始一天的劳动。家里没有过硬的劳力，每到农忙时只好请人，她免费给乡亲们做衣服，算是对亲友的答谢。

我们兄妹四人在父母这种艰难支撑中渐渐长大。长大之后，一个个都远离了庄稼，不与庄稼为伍。此时谁也没料到退休之后的父亲离开了他坐了几十年的办公桌后竟然毫不犹豫地选择了庄稼地。尽管他不懂农事，也没有足够的体力去应付。

今年夏天，我和北京归来休假的哥哥一起回老家。我在父亲的一个笔记本上无意间看到这样几行字：“2010 年，谷子 1300 斤；2011 年，谷子 1500 斤（增产 200 斤）……”看到这几行字，突然感受到父亲对于庄稼的重视和情感是我们所无法理解的。我把笔记本递给坐在院子里乘凉的哥哥。哥哥看过，会意地对我点点头，简单的几行字让我们瞬间理解了父亲对于庄稼的心思和情感。

我在想，我们没有在父母身边的时候，庄稼在；看不到我们成长时，地里的庄稼在长。一棵庄稼从一粒种子，长成幼苗，然后开花结果，它们把我们走过的每一步路一年又一年地在父母的眼里心中重新走过，父母也许会因此有一种莫名地欣慰吧！

我们和父亲的庄稼一样，是他生命中最重要的牵挂。亲情就是在牵挂中交融、升腾和轮回。

老家后院　赵锋摄　/　2016年·赵庄

— 母亲的菜地 —

儿时，家里地少，兄妹众多，父亲又在政府上班，土地少又没硬劳力，这可愁坏了母亲。粮食不够，菜来充。那个年月不少家庭都是这样应对着缺粮的困惑。

村里各家各户都有自家的自留地，这些自留地多数用来种蔬菜、瓜果之类的。它们虽不是庄稼地里的主角，可能每家每户却指望着它来缓冲饥饿的来袭。

记忆中母亲一有空闲总在菜园里忙碌，它是解决全家饥饿的加油站。只有种出更多的菜来，才能打发那些缺粮的日子。

春风拂过村庄，是播种的季节。除了庄稼地，母亲从不敢放松她的小菜地。她善待菜地的每一寸土地，每一个角落，渴望能有更好的收成。她常常对村里人说："我们家孩子多，菜少了，吃不饱。"她种各种各样的菜，尽量让它们填满整个四季。

她用豆角蒸蒸面，用韭菜包饺子，用萝卜蒸米饭，饭里的菜总是远远多于粮食，兄妹们明白这是母亲不得已的做法。也许是多年养成的习惯，多年以后，她为我们兄妹蒸蒸面时依然这样，爱吃蒸面的哥哥问母亲："怎么这么多豆角？"母亲回答："豆角多了好吃啊！你们小时候就这么吃的。"哥哥乐了："原来多放豆角是因为没有粮食，现在又不缺粮食。其实现在的豆角比粮食贵啊！"听到这些，母亲才仿佛回过神来。饥饿年代让她习惯性地认为粮食的不足和重要。

母亲的菜地一年四季都有自己的蔬菜。最初，母亲并不怎么会种菜，别人地里的菜都蹿出地面了，我们家的菜还没见影子。村里的老太太悄悄告诉她，你盖的土太厚，压了苗。就这样一次次反复中，她学会了种菜。白菜、黄瓜、辣椒、西红柿……一应俱全。

四季轮回中，母亲却在为全家的吃喝而操劳。什么样的季节种什么菜，食材如何搭配并非是因为营养的需要，而是食材补给的需要。母亲最怕漫长的冬季，除了冬藏的白菜和萝卜，以及一些干菜以外，菜地里几近荒芜。她开始犯愁，年幼的我们并不知道那些飘雪的漫长冬季母亲是如何度过的？

比起冬季，母亲更喜欢夏季。因为夏季日光充足，菜地里有吃不完的菜。母亲会裁剪，是方圆几个村的裁缝。白天她抽空在菜地里忙碌，到了晚上就伏案裁剪衣服，我们常常听着她用画粉画图或踩缝纫机的"哒哒"声入睡。母亲往往做衣服到深夜，屋外满天星光笼罩着不远处的菜地。制衣案和菜地成了母亲为了生计而奔忙的两端。

母亲一直种菜，即便是多年以后，她辛苦养育的孩子一个个都走出了村庄，都有了各自的生活，有了可以让她衣食无忧的能力。

她依然经营着自己的菜地。我想，那大概是她对于岁月的一种记忆，一种习惯使然，一种内心无法抹去的情结。

母亲的菜地不仅丰富了我们儿时的餐桌，也丰富了我们的记忆，而且让我们在很小的时候就懂得了要回望土地、珍惜生活。许多年以后，我们仍然时不时能品尝到母亲种出来的蔬菜。它天然，原汁原味，充满情意。它让我们常常想到母亲的那块小菜地，它更让我们常常在某个瞬间体味到蔓延在岁月之中的母爱。

母亲的菜地　赵锋摄 \ 2013 年 . 赵庄

— 回味野菜 —

春日里，村里人大多以野菜为美味，都说爱这野菜淡淡的清香。

春日的周末，母亲让我们去荒地里找野菜。那时候我们小，并不能完全认识荒地里的野菜，往往半天采不到一竹篮，别人家的孩子半天工夫就能采上满满的一背篓了，但母亲并不恼，也不责怪我们。她似乎并不在意我们采的多少，倒是更希望我们从中去学会劳作。那时找野菜并非像现在是一种休闲和情趣，而是一种劳动。

那时候野菜并不像现在这般珍贵，主要目的是为了补充缺粮的困惑。春天里，能采的野菜自然最多。村里人几乎都会在空闲时候上山挖竹笋、摘槐花和荃菜……品种多样，味道各异。它们同时也成了村里人垂青的美味。也许只有这春日特有的美味才能打开村里人的味蕾。

村里手巧的媳妇们用荠荠菜包饺子，用槐花包包子，用竹笋蒸蒸面，用香椿炸拖面……无论哪一样都是男女老少爱吃的食物。

试想一下，在春风吹拂的村庄里，到了晚上，农家小院厨房里飘出野菜和着香油的清香，香气铺满了整个院子。劳累了一天的男主人扛着犁耙从田地里归来，放学的小儿就偷偷地站在厨房的窗外眼巴巴地望着母亲正在炸着香椿，香味伴随着春风穿越心间和整个村庄。

男主人从柜子里取出自家酿造的苞谷酒，呷几杯，微醺，舒坦极了。接着再尝几口野菜，跟老爹盘算着春天要播种的庄稼，估算着今年的收成，心里美滋滋的。

村里家家户户口粮并不富裕，能干的女主人都会在这个时候多储备一些野菜，以备春夏之交时的菜荒，还可以填充粮食的不足，何乐而不为呢！

年少时，我吃过很多野菜，那些香味至今仍洋溢在记忆的深处，总能在某个春风拂面的瞬间不期而遇，在内心蔓延开来。我总能想起在放学路上跟伙伴们挖竹笋抓小鱼的欣喜；总能想起村里的山坡上槐花花满天的壮观景象；总能想起春花姐提着竹篮挖荠荠菜的身影；总能想起母亲看着我们兄妹品尝美味时的满足神情……那时的笑声还回荡在脑海，那时的花开不败，那时逼人的香气早已钻进了我的记忆里。

成长过程中，每次尝到母亲做的野菜，便一次次地想起和伙伴们去田边、山间找野菜的情形。那时空气清新，那时的香气弥漫在整个村庄，也弥漫在我们的整个童年。

许多年以后，我参加工作了，虽居小城，却很少能吃到野菜，更谈不上去采摘了。城里哪里感受得到春天？每到春季，细心的母亲总会给我们兄妹带来鲜嫩的竹笋，让我们尝个鲜，这是儿时的味道，也是亲情的味道。每至此，母亲便会说：“就是你哥哥没尝到，京城里哪来的这鲜嫩的野菜呢？”

尝着母亲带来的野菜，内心闪现的仍然是儿时采摘野菜的画面，那么熟悉，那么心动。在心间，香香的、软软的、暖暖的，过瘾极了！犹如母亲在春风里呼唤着我们的乳名。

这一夜或许就再难入睡了，因为这熟悉而珍贵的野菜清香的味道。

– 爱情自留地 –

爱情有时就像村里人种庄稼一样。到了季节，就该播种了，然后精心呵护，培育，最后收获。反之亦然。

但有时也会出现意外。比如村里的吴孝奎。不知是错过了季节忘了播种，还是没有把握好时机，或是命运的捉弄。总之，他在爱情的自留地里颗粒无收。他的内心里一定埋怨过自己的这片庄稼地里为什么就长不出他想要的果实呢？也许他努力过，耕耘过。

吴孝奎生于上世纪六十年代。他的家住在村子东头的山梁上。与村中央还有一段距离。就是这样一段距离，后来成了他责怪父母的理由。许多年后，当他没有收获到爱情时，吴孝奎无比坚定地责怪已经年迈的双亲，说你们当年怎么就不会把房子往村中央盖一点。要不，我也不会落到这种田地。吴孝奎说这话时已年近四十了。他把自己感情生活的不如意完全归结于自家房子的位置。他企图以此来掩盖自身的不足。

他有一个哥哥。小时候，吴孝奎生得英俊，个子又高。在学校里，他学习很好，一度是村里说教孩子的榜样。对此，村里人曾自信地预言，他将来一定会有出息。不过，后来发生的一切却毫不迟疑地瓦解了他们的预言。

那年吴孝奎的哥哥迎娶了漂亮、身体强悍的媳妇。这本来是一件可喜可贺的大喜事。刚过门的嫂子不仅身体强悍，性格也一点都不示弱。久而久之，她和性格耿直的小叔子合不来了。在嫂子看来，小叔子上学给家里带来了巨大的负担。可是碍于村里人的说法，嫂子就一直忍气吞声。一次，吴孝奎星期天在家看书。她的嫂子非常气愤地冲了进来，夺下他手里的书，就往屋外走，边走边骂："我叫你看！我们忙得要命，你在这儿清静。"边骂边将书扔进了门前的猪圈里。吴孝奎还没来得及去拦，书已经浸泡在猪圈里的粪水中。眼睁睁地看着这些，吴孝奎勃然大怒，他冲上前与嫂子争辩，他嫂子哪儿有耐心与他争辩，冲过来，就给了他一个耳光。气急败坏的吴孝奎再也忍不住了，他开始和嫂子撕打起来。他嫂子哪儿能承受这些啊！不容分说地抄起靠在门边的扁担，照着吴孝奎劈头盖脸地敲过来。吴孝奎见势急忙躲闪，可他刚躲过第一扁担，这第二扁担又接踵而来，这一下正落在了他的耳根处。他赶忙捂住了头部。接下来扁担就落在了他的身上，腰上，腿上……

那次被打之后，他的耳朵不断地化脓，直到最后几近失聪。学当然是不能再上了。辍学之后，他便开始在生产队里劳动。可是以前文文弱弱的他根本适应不了。因为耳朵不好，他常常在劳动过程中出差错。为此，老队长都吵了他好几回了！也因为如此，村里干活时没人想和他搭班，都嫌他干活慢。和他一起干活，只会吃亏。

他渐渐地在村里受到冷落。村里人也不像以前那样夸他了。相反，老人们常常用他当例子，教育自己的孩子："要么你就好好学习，读书，吃文化饭；要么你就给我好好把身体锻炼好，将来回来种地也有个底子。不要像吴孝奎一样。书也没读出个啥名堂，还把身体搞坏了。种个地都种不好。"正是老人的这种眼光促使村里的孩子们也在他面前肆无忌殚地起哄，甚至公开戏弄他。他最初对此很愤怒，努力地反抗，但经不住孩子们的死皮赖脸，渐渐地他也不再反抗了。他心里明白，村里也只剩下这些孩子们喜欢和他玩了！他若抛弃这些孩子，他将失去整个村庄。

二十多岁了，是该找媳妇的年龄了。可是吴孝奎这样的情况却无人问津。青春的萌动，屡屡努力却屡战屡败，让他既沮丧又着急。那一段不为人知的心路历程一定伴随着他度过了一个又一个寂寞夜晚。总是期待下一刻出现奇迹，却一次次在等待中走向幻灭。最终，急切的渴盼成为一个又一个自欺欺人的幌子。

渐渐地，他连他们家的庄稼地也懒得去了。分家后，他和年迈的父母一起生活。年迈的父母为家境的捉襟见肘而内疚不已，觉得儿子没能娶上媳妇，他们罪责难逃。所以见到儿子现在这样，他们只是默默落泪，却从不责怪。谁知正是这样善意的理解和顺从助长了他的惰性。

双亲过世后，他许久未去的庄稼里长出了齐胸的荒草。与他的庄稼地同样荒芜的还有他的爱情。如果没有他渴望的奇迹出现的话，今生今世，他的爱情将一直荒芜下去。

– 正版的庄稼 –

这个村庄里到处都是庄稼，地里、路边、坡上全都是。

这些庄稼整齐而茁壮地生长，它们向人诉说着这个村庄里的人的勤劳，以及它们整个群体的繁荣。

一棵庄稼能在一个村庄生存下来其实是很艰难的。和草、树以及其他的植物相比，它们要想获得在这片土地上生存下去的机会比庄稼更难。与草和树的种子相比，庄稼的种子远远超过其他的植物。庄稼是植物里的幸运儿。因为能养活村里的人，而成为植物里生生不息、备受关注的一群。

那么多庄稼的种子，独独它成为一棵茁壮的庄稼。它从此身价百倍了。它从一株植物变成了一棵真正的庄稼。

经过无数次的晾晒，它们要进粮仓了。

秋天刚过，主人就开始在粮仓里挑选种子。他们要把种子单独保管起来。

所有的粮食在这个时候都很紧张，也很期盼。期盼自己能经过主人的挑选成为一颗幸运的种子。这对粮食来说其实是一种考试。

主人挑走了成色最好，颗粒饱满，大小均匀的粮食作为种子。它们是整装待发的少女，经过季节的孕育成为成熟的女子。

播种的季节到了，种子都盛进挂篮、竹篓，或是袋子里。主人背着它们，当然还有肥料。

它们纷纷落在地里，泥土中。这时，它们才真正回到了故乡。

它们在故乡长成一棵棵庄稼。

通往田地的路是山路，不知是哪个粗心的汉子没有发现装种子的布袋上沿竟有两个小洞。几经颠簸，几颗种子不幸地由此被遗落在山路的两旁。依依不舍地，意外的遗落让种子忐忑不安，像是远嫁异族的公主般伤心。它们回不了真正的故乡，就只好流落异乡，成为真正的"草民"。还是长着庄稼的模样，还是庄稼才有的雍荣华贵，但是身处在"穷乡僻壤"，自己的热情、骄傲和高贵有谁知晓。在这路的外侧，庄稼地以外你就成了"异邦"。旁边的草是一个大家庭，它们团结着，生长着。草无法理会庄稼的寂寞。庄稼的优越感在这里已荡然无存。路两边无数根草无形中结成了一张巨大的网，向它压来。像无数人投来嘲讽和蔑视一样，它失去了庄稼的强韧。在野生的植物面前，它像蹒跚学步的孩子。它无力应对来自它们的压力，它有些窒息，最终它变成了一棵悲伤的庄稼。

相反，山坡上一排排整齐的庄稼生长着，蓬勃向上。密密匝匝的庄稼，没有草的藏身之处。即使有，也会有人类替它们赶走，根本不用它们亲自动手。草在这里的势单力薄成就了庄稼地里庄稼的落落大方，雍荣华贵。在这里，庄稼是高傲美丽的公主，是理所当然的主人，是村庄里正版的庄稼。草想挤进这密密匝匝的庄稼里，但是它被高大的庄稼挡了出来。草被远远地遗弃在庄稼的身后，只能在地边跃跃欲试地张望着。草被定格成了“异类”。就像是村里的一些人一样，因为自己势单力薄就永远无法在这个村庄里立住脚。他们常常被村里的人排除在外，犹如一个异乡人永远徘徊在村庄的边缘。他们永远无法真正地走进村庄。

碧绿碧绿的庄稼极张扬地在村庄里生长。它们从不理会长在路边和荒野里的草。它们是庄稼人的宠儿。那些流落在野地里的庄稼最终会因为体弱而在这个村庄消失。庄稼地里的庄稼用它们的强壮证明着它们才是土地的主人，它们才是正版的庄稼。

– 有名的裁缝 –

母亲年轻的时候是乡里有名的裁缝，周围村庄的人都愿意把布料送到母亲这儿做。母亲会把这些布料做成他们想要的好看的衣服。

能把布料做成好看的衣服，这在乡村是需要一些智慧的。母亲就是具备这种智慧的人。小的时候，看母亲用脚踏缝纫机，就偷偷地跟着学，往往机轮正反无常。这也让我很早就理解了“看似容易成却难”的道理。

就是具备这样智慧的人，却早早地辍学在家。外婆是个略懂医术的老太太，却没有施展这种才能的机会。两个同样智慧的人，却要在平庸和琐碎中度过一段苦难的岁月。母亲揣着那张满载她的荣耀（是全区第一名）和忧郁的成绩单，开始了她的人生。

外婆曾为此做过努力，渴望母亲能去读书。母亲为了读书，也承受着来自亲朋和外界的压力，而最终却以失败而告终。在家里做过家务之后，母亲开始去做衣服，天生聪慧的母亲很快成了师父的得意门生，又很快把名声传到了十里八乡。

出嫁以后，母亲仍然在用自己的手裁剪着美丽的衣服，做衣服不仅是母亲的经济来源，在她的眼里更是成了一种事业。衣服可以成为她的一部分支撑。就是这样“美丽的事业”也只是母亲的业余爱好，因为她还要解决一个大家庭大大小小的吃喝拉撒的问题。我想母亲在两者之间一定做过漫长而痛苦的挣扎。一面是自己爱做的事情，另一面却是自己不得不做的家务，要舍弃，太难了。倘若母亲要有再大一些的选择空间，母亲或许就能成为更有名的艺人。天才或许就是这样被扼杀掉的。

母亲一定在心里暗自为自己惋惜过，但是为了她的那个家和她那群可爱的孩子，她最终还是接受了眼前的现实。这似乎需要很大的勇气。

八岁的时候，当我穿着母亲给我做的红色西服去上学时，引来了许多同学羡慕的眼光。这些目光里蕴含的不仅仅是对这套华丽的衣服的羡慕，更多的是羡慕那个能做出美丽衣服的妈妈。

母亲默默给予了我们兄妹那份最基本的荣耀。她希望自己的儿女能穿得体体面面的，她更想把自己的梦想描绘在儿女们的身上。在她的心里，儿女就是她梦想的延续。这种延续不仅仅是以她自己的清苦为代价，不仅仅是给予了我们兄妹那些表面上的荣耀，我想更多的是她那份年少的梦想，现在的苦心和将来我们所需要的心理优势。

记得兄妹都在上学的那些日子，家里的情况非常的拮据。父母为此缩衣节食。大姐至今还常回忆她上大学时，母亲把她自己三年里做的唯一一件衣服按大姐的尺寸给她做了一条裤子，然后又不畏路途遥远寄给大姐。这条裤子大姐穿了许多年，许多年后身为人母的大姐还常常惦记着这条裤子。她说，这就是我们的母亲。

孙子孙女们的相继出生，给了母亲一个更好施展才能的机会。她把碎布、棉花等物，裁剪、组合最终成了一件件漂亮而美丽的衣服。她像是在创造着美丽，为了她的儿孙，也为了隐藏在她内心中一生的梦。

在漫长的煎熬和期待中，她的儿女们一个个长大成人，一个个从大学里满载而归。在饱尝了清贫和知识之后，母亲和她的儿女们都有更大的空间打量走过的岁月。

一个人、一件衣服，连接其中的是什么？

是智慧、是想象、是手艺，还是一种行为艺术……孩子们长大了，他们开始从更深的层面去思考母亲的人生和她所从事的事业。如果说母亲做衣服很普通，如果母亲根本没有具备把衣服做美丽的能力，或许就是一种想象的缺失，或许就不会把母亲与智慧、想象、行为艺术连在一起。而母亲却能在她的衣服上施展自己的这种才能，她能以一种极高的审美眼光去审视和看待穿在普通人身上的衣服。她懂得什么才是真正的美。

一个深知美的真谛的人，自然是良善的、慈祥的、博爱的。就像是一个懂得耕耘的人就一定是勤劳的、朴素的一样。母亲就是这样的人。

许多年后，女儿在城里给母亲做衣服。母亲依然极认真地挑选布料，吩咐那些年轻的裁缝做成什么样的样式，说的也是极专业的术语，语气也是极慎重的，生怕这些年轻的裁缝听不懂她的意思。女儿站在旁侧听得很惊讶，她没有想到母亲会这么认真和讲究。或许就因为母亲过去是“名”裁缝的缘故，所以她在做法上才这么认真和讲究；所以她到什么时候都会这么慎重和小心；所以她才会以有别于他人的眼光和要求去看待一件普通的衣服。或许这就是一种美的眼光；或许这就是一个名裁缝的选择。

— 另类的竹子 —

它是村庄里一种罕见的花，很好看。它有淡淡的白色，极其碎小。在风中摇，像是月下闪烁的珠玉。

它是花中的隐逸者。藏着多年的神秘，藏着多年的美丽。透过遥远的年代，村里人一直用张望的眼神等待。

村里人常常问老者：竹子会开花吗？

原来，村里人都自作多情地认为竹子是寂寞的。不会开花，也没有果实。村里的大部分植物都会开花结果。这样的竹子注定是寂寞的。

村里人看待竹子就好像在用异样的目光打量村里一位结婚多年而没有生育的媳妇。竹子在这样的目光中生活了一年又一年。

后来村里有位老者说自己年轻的时候曾看见过竹子开花。但是，听的人并不敢完全相信。因为老人看见竹子开花已是半个世纪以前的事了。因此，竹子开花在村里人的眼里就越发诡秘了。

竹子花美吗?

长久以来村里人一直在心里问自己。但是答案依然像村头荒地里的磷火一样闪烁。

一年，村东边半山腰的一群竹子终于开花了。村里人睁大了双眼打量着这片竹子。怎么说开就开了。这使毫无准备的村里人有些手足无措。经过日日夜夜的等待终于目睹了竹子花开。这是一种极碎小，极白的花。星星点点地悬挂在竹树上。

这花开得有些突然。村里人一时间失去了判断竹子花美不美的能力。因为他们没有经验来进行判断。这是几株唯一开花的竹子。既没有比这竹子花开得更好，也没有比这花更难看的。这些竹子花是唯一的。

竹子花掩映在村头的山坡上，是村里的千古奇景。花之奇者，最美。

百闻一见的竹子花在村里绽放着它旷世的珍奇和神秘。此时的竹子花是走下绣楼的唐朝女子，容颜乍开，惊起四座人。

它终于开了，开在等待之后的无意间。看呆了村里人。美丽和欣喜无以言表。

竹子花开之后，村里发生了几件怪事。

先是村头的张嫂家的几只鸡不翼而飞，接着是李根家的一头肥猪暴病而死。村里一下了开始惊恐了。他们百思不得其解。

几天后，村里有人传言说在开花的竹林边看到飘飞的鸡毛。又过了几日，又有人说在竹林的山坡上有猪奔跑过的蹄印。

于是，村里有人就说这都是开花的竹子惹的祸。自古以来，村里就有这样一种说法：开花的竹子会带来灾难。

开花的竹子真的会惹祸。村里人都开始这么想。

如果不是，为什么这几件怪事都发生在竹子开花之后呢？

开花的竹子从此背负着沉重的罪。

村里人开始用异样的目光来打量这片在他们看来有些异样的竹林。竹林是村里人眼里的罪魁祸首。村里人说，光好看有什么用，还给我们带来这么多的灾祸。

诚惶诚恐中，开花的竹子好似成了青楼女子的替代。开花的竹子演绎着青楼女子才有的悲剧。

– 乡村竹具 –

村里有大片大片的竹林，满山遍野都是。除了山竹，还有种在各家门前的家竹。其实竹子哪有家与不家之分。村里人只是将自己房前屋后的竹子看得更为珍贵一些罢了。

村里人之所以在房前屋后种竹子，很重要的是它的用途，用它编制各类生活用具。那时塑料制品相对较少，铁制品不仅笨重，还难制作，村里人自然而然地就想到了竹、木制品。村里人更愿意用这些原汁原味，充满自然味道的生活用具。

春天里，竹篮、竹篓、竹筐、竹席……这些竹制品充斥在村里人生活的方方面面。春天，他们用竹篮装满种子提到地里播种，当庄稼苗破土而出后，他们又用竹筐装满农家肥挑到地里给秧苗施肥；经过阳光雨露，庄稼渐渐成熟，到了收获的季节，村里人又背着竹篓来收割庄稼，背回一篓又一篓的玉米、稻谷……倒在竹席上晾晒，直到晒干，放进粮仓里贮存。一粒种子从播种、长大到成熟、收获的每一个环节似乎都离不开这些竹具，竹具在不经意间贯穿了一个庄稼人整个耕耘到收获的全过程。竹子在这个村庄与庄稼、人共生共存。

在乡下，一个家庭，一个农妇也同样离不开竹具。男人们把麦子收回来了，剩下的事情自然是女人的事了。麦子从晾晒到成为餐桌上的馒头、面条、饺子，中间每一个环节仍然离不开竹具。麦子晒干后就装进粮仓。等磨面时，第一道工序就是淘麦子，然后再晒干，最终磨成面粉。淘麦子用的工具，村里人称为笊篱，这种工具就是用竹子编制的。在乡下，一个媳妇不会淘麦子就会被村里人嘲笑。村里聋子的媳妇就是因为从外地来的，不会淘麦子，村里人嘲笑她说："她是来吃馍的。"

夏天来了，天气炎热，各家各户都把自家编制的竹席翻拣出来。用于睡觉的竹席的制作方法和质量都是很有讲究的。好的篾匠总会把家竹最细最软的竹面用来编竹席，因为这层竹面的质量最好，也最耐磨，自然是编竹席的首选。天然的家竹做出上好的竹席，躺在上面绵软，舒适，在这样的竹席上度过炎热而漫长的夏季自然是再惬意不过的事了。

顽皮的孩子们总是在夏日午后走进村边的小河里，除了游泳，他们的兴趣还在小河里的鱼身上。他们挎着竹篓，在流水的低处用石头垒成一个"陷阱"，然后把竹篓放在中间，经过一个晚上的"守株待兔"，第二天清晨，竹篓里就会有大半篓小鱼。

日子如流水，竹影摇曳处是村里人庸常的生活。村里劳作耕种离不开竹具，庄稼成熟收获离不开竹具，一家人一日三餐里离不开竹具，生火做饭时用的竹筒，吃饭时用的筷子都是竹子做的。甚至一个婴儿出生后睡的摇篮也是竹子做的。

竹子与村里人的生活息息相关，充斥在村里人的每一天，每一年，每个人的一辈子。

- 乡村农具 -

一

母亲让我去二叔家借把锄头，我在屋后犹豫了很久，最后还是硬着头皮去了二叔家。二婶出来委婉地说："下午要用，我们家菜园还没有挖。"丢下这句话，我一抬头看到的是二婶的背影。因为一把锄头，九岁的我只好备受冷落地回家。母亲看着我空手而归，只有摇头叹息。

一件农具在一个村庄的重要性，从那时候才在我的头脑里留下了深刻的印象。

那个下午，母亲因为缺一把锄头而耽误了半天的工夫。墙角的那捆绿油油的辣子秧就要晚栽一天了。经过漫长的一夜，会大大降低它们的成活率。辣苗一定在责怪自己的主人又让它受了一夜的罪，有些辣苗可能就在这个晚上含泪死去。母亲也一定会想今年又要少摘许多辣子。

记忆中，我们家的农具总是没有别人家的完备、齐全。父亲在上班，制作农具的机会很少。我们家只有三把铲子、两张耙子、五把刀和三把不太像样的锄头。至于像更复杂、作用更大的犁、耙，我家根本就没有。这样一来就不得不去别人家借。而农具对一个庄稼人来说，就好比是一名战士能够制胜的一件武器一样。

一件农具对于一个庄稼人，对于一个村庄太重要了。农具在一个村庄就意味着一种财富，农具越多，创造的财富也就越多。因为农具齐全，你就能早一天把自家的种子种进地里。到了收获的季节，又可以比别人快的速度把庄稼收回来。

我们家因为农具太少的缘故，播种和收割往往落在别人后面。我想，我们家那些晚播的种子，晚收的庄稼一定像它们的主人一家人一样暗自受到别人的笑话，也一定觉得很遗憾。这样的遗憾只能永远留在那些年月的每一次播种和每一次收获。收割回来的粮食甚至会因为农具而不想再生活在我们家的庄稼地里，不想再给我们家做种子，繁衍庄稼了。

在这个村庄，谁都不愿意把自家的任何一件农具借给别人。这并不仅仅是因为吝啬。农具像一支画笔，他们就是靠这支画笔在属于他们的土地上描画自己的果实、丰收和希望。

母亲常常为农具发愁，该除草了，家里的耙子却没有口了。锄起草来很慢。劳动课上，老师安排大家拿工具，我总是得不到表扬。老师说："你怎么拿一把不能用的工具。"我只好低着头，一言不发。其实，没有用的东西谁都不喜欢。哪怕是一件农具，也应该做一件有用的农具。

二

别人家里一排排整齐的农具在我幼小的心里成了农家小院不可缺少的装饰。它们像如今的高档家具一样装饰着村庄里的每一个房间。

很小的时候，我总是希望自己家里也有一把无比锋利的砍刀。因为用这把锋利的刀可以去山上砍回更多的柴禾。这样，就可以抵挡住整个冬天的寒冷，这样就可以温暖一家人的心。那么，这个冬季一定能够使整个童年在一生中都显得温馨。

我还想：如果这个村庄真的少了犁、耙和牛，村里人就会流更多的汗，付出更多的时间。而且在这种奔忙之后，还有可能错过最佳时机。错过一个播种期，村里会少收很多粮食。这种损失是无法补救的。

制造一件上好的农具是需要很多个工序的。少了任何一个环节，都可能影响到它的使用效果。而我们家里没有具备这样能力的人。往往是张大爷给我们打模型，又要请李根给我们削一根锄把，拼凑起来的农具当然是不尽完美的，用起来也不顺手。可能任何一件拼凑起来的东西都不能称心如意的。农具也不例外。

那些年月，我们家因为缺乏农具少收了多少粮食，我并没有算过。但我很清楚母亲为此付出了超出别人很多的辛苦。这对母亲是一种别样的苦难。

如今，我家的农具已经越来越少了。可能就只有两把铲子、一张耙子和两把锄头。没有了农具，母亲也可以过得衣食无忧。但母亲仍然精心保护着这几件剩下的农具。她怕失去了这几件农具，就会失去同这个村庄庄稼地的联系。

从前的锄头　赵锋摄　\　2015 年 . 赵庄

– 为什么这样对待草 –

村里的庄稼地里杂草丛生，村里人总是在纳闷草为什么长得这么凶。因为无论是田间还是地头，没有任何一家给它们施肥松土，村里人不知道这些草凭着哪股劲儿长出来的。

庄稼生长的时候，也是杂草长得最凶猛的时候。村里人也是从这个时候开始忙碌，直到庄稼收获。

长年累月地锄草让村里人感到厌倦。厌倦的主要原因是作为庄稼人锄草体现不出价值来。庄稼人想要收获的永远都是果实。而杂草却肆无忌惮地挡住村里人通向收获喜悦的路。

为了那份喜悦，村里人就别无选择地干着那些他们认为没有多大价值的事情：锄草。

锄草让村里人失去了许多闲暇的时光。而为了丰收，他们又只能如此。

玉米地里的草长得异常厉害，一茬锄过，不到半月，又来一茬。

玉米锄完，又轮到黄豆，黄豆锄完，又轮到水稻。一茬接着一茬，整个夏天到秋收，村里人都是在没日没夜地锄草中度过的。秋忙刚过，村里人刚刚想休息一下，麦地里的草又茂盛地长出来。村里人又无奈地扛着锄头来到田间。

也许是为了灭一灭草的威风，挡一挡草日日高涨的势头。村里人发挥自己作为人类的优势，开始使用农药。然后又把锄过的草晒干，堆放在一起付之一炬。

然而，“野火烧不尽，春风吹又生”。一茬一茬的草被烧，又有一茬又一茬的草长出来。草怎么能烧得完，村里人注定要这样不停地忙下去。

草渐渐地成了村里人的敌人。村里人甚至在埋怨是谁让草来到人间的。

草呢？更觉得自己委屈，它没有要主人一点化肥，没有占用主人一点工夫，自己独立地生长，自生自灭、年复一年，一切都井然有序。相反，主人的牛羊猪都靠它来做饲料。自己却还要遭受到人们的“非议”。

草就这样顽强而委屈地生活。

村里人并不这样想。照样在放牛时把牛群赶到水草旺盛的草场上；照样在自己的庄稼地把草聚在一起做铲除式的燃烧。

燃烧的草无奈地笑着，用现代一句广告词演绎着：

“我们是朋友，为什么会这样……”

– 怕花的女孩 –

在这个世上，你一定怕过什么！不管是人，还是物，是物质，还是精神，抑或别的什么？可是你一定不会像我告诉你的这个女孩一样，会怕花！

那是一地黄灿灿的油菜花，这是上学必经的小路。她必须每天从这里经过，去到学校。因为这条路既近又有美丽的风景。

她的家房后有一片花园，很漂亮，就像她的年龄一样充满着阳光和色彩。开花的季节，她家的花园就像是打扮得花枝招展的姑娘。

开花的季节是花的节日，它用自己的花期吸引着所有的眼睛。但它却吸引不了她。因为她是一个怕花的姑娘。

过去，她也是一个爱花的女孩。她们家的那个花园里很多花都是她亲手栽下的。她喜欢所有的美丽的花，包括她们家周围庄稼地里的庄稼花。这也许是其他女孩不喜欢的花。村庄里的女孩已看惯了村里庄稼地里开的庄稼花，就像吃够了家里清晨永远都不变的玉米粥一样。她们说那些花不如牡丹和海棠名贵。

她似乎从来都不愿意向村里其他女孩一样去看待这些村里的庄稼花。她生怕自己一不小心就冷落了那些花。

她从小就是从这条小路去上学的。她就是希望自己看着这些花从小长大的样子，看着它们绽放着美丽。看着它们开花，她总是满脸的幸福。

这条小路她从小学走到了中学。

中学的时候，在油菜花开满她必经的小路上的时候，她的身体肿得近乎到了透明的程度。她住进了医院。这个春天，她再也不能看到油菜花开满村庄的时刻。她无奈地躺在病床上。窗外是高楼和污浊的空气。空气里是她不想闻到的味道，没有花香，没有花的颜色。突然离开了那个充满着花朵和花香的村庄，那里有她和其他女孩一样的少女梦。那些梦就像村里那些花朵一样五彩缤纷，散发着诱人的味道。

医院的检查结果是：她的皮肤对各种花的花粉会产生反应。一旦到了花季，她的这种病就会如期而至。从此以后，她就注定要和花要天各一方。她注定要与花朵保持一段距离。她只能远远地看花。

是花捉弄了她，还是花捉弄了她。她是村庄里唯一远离花朵的人。

她是一个怕花的女孩。

远离了花朵，她的生活显得有些暗淡。像是小时候的黑白照片，只有影像，没有想象。

远离了花朵，她的梦想似乎更加遥远。像是天空中飘荡的云彩，只能看见，不能采摘。

从她住进医院的那一天开始，她就知道自己将要与花朵告别。对她来说，这是一种残酷的分别。今后的岁月将会少一份光彩和颜色。儿时的花篮里偷偷藏着的小花只能是回忆中的气息。这气息已经够她嗅一辈子了。

从此，她上学的时候，必须远远地离开村里那条她走了十几年的小路。那条路在她的眼里是用花铺就的路。那些花好美好美。她只能远远地绽放着幸福的微笑。

几个同样爱花的女孩采了几朵美丽的指甲花。她们把自己的指甲染得五彩缤纷的。她看到了，心里微微地动了一下，然后又默默地走开。

她只是远远地看着这群和自己一样爱花的女孩，远远地看着伴随自己童年的指甲花。第二天，她实在有些忍不住了，于是，她背着母亲去到后园里掐了几朵指甲花，悄悄地放进自己的小屋里。她仿佛闻到童年的味道、一种幸福的味道。那一夜，她做梦看见自己又走在春风中的油菜花丛中，她又看到自己童年的伙伴和她在一起嬉戏、打闹。就在这个时候，一阵莫名的风从天边吹来，她毫无准备地躲闪。但是，她仍然看到地里所有的油菜花都被远方的风吹得不知了去向。她凄然地站在田地里，突然失去了方向，突然找不到了回家的方向。她哭喊着。

哭喊的同时，她听到了母亲的声音：“女儿，你疼吗？”

她醒了，她睁开了双眼。她看到了母亲焦急的双眼和盖在身上的白被子。

她突然意识到自己是躺在医院里。

母亲并没有解释，她也没有问母亲。母亲只是说："醒了，就好。你可把妈吓坏了。"

既然与花朵无缘，与美丽无缘，那就学会告别吧！

为了自己的健康，她慢慢地开始不得不有意躲避那些美丽的花。那些花远远地离开了她的生活。只有这样，她才会离健康近一步。

她要远远地绕过门前的油菜花地去上学。她远远地凝视着那片可爱的油菜花，心里一直像是缺了点什么。从那以后，她常常做梦，梦到自己还在花丛中间奔跑，呼喊。每一次从梦中醒来，她都怅然若失。

从小学到大学，女孩一直是班里的优等生，同学都愿意和她一起玩，尤其喜欢看她绚烂如花的笑容。谁都没有觉得她是个有病的女孩。

女孩虽然远离了花朵，但她懂得用爱心面对人生。女孩心里一定明白：这样的人生，无花也一定是美若鲜花的人生。

– 布凉鞋 –

小梅明天就要上学了。

小梅在自己的房间里收拾下周要用的各种物品。母亲叮嘱："把袜子也带上，预防天要下雨。"小梅说："我知道了。"

小梅快要睡的时候，趴在房间的门口问："明天，我穿哪双鞋？"母亲边搓着衣服边回答小梅："就穿我给你做的那双新布凉鞋。"小梅皱起了眉头说："妈，现在谁还穿那样的鞋。同学会笑话我的，我才不穿布凉鞋呢！"小梅很不高兴地从床上坐起来。

母亲听小梅这么说，也停下了手里的活。母亲想：为做这双鞋，她可是用了将近一个月的空闲时间。每天做完农活后，母亲总不忘拉几针。夏天来了，母亲怕女儿没有凉鞋穿，脚被捂着了哪有心思学习呢？母亲根本就没有想到自己的一片苦心竟然会遭到女儿的拒绝。

母亲之所以这么着急地给小梅把凉鞋做好还有另外一个原因，家里实在是拿不出钱来给女儿买胶凉鞋。老二、老三下个星期也要买本子了。母亲想，给女儿做一双布凉鞋是一件两全其美的事。

母亲就怕小梅嫌布凉鞋不好看，所以，她就从箱子里找出还是她年轻时买的一块碎花布。母亲想，这布又好看又结实，女儿会喜欢的。

听小梅这么一说，母亲既吃惊又着急。

小梅倚在门边，看着母亲搓衣服的身体又向下弯得更低了。小梅似乎看出了母亲的内心。

小梅的话真的让母亲有一些担心。她怕女儿真的不穿这双鞋上学去，母亲更怕女儿穿着这双布凉鞋上学去会遭到同学的嘲笑。母亲宁可自己多受点苦，也不想让女儿受半点委屈。

母亲想到自己小的时候连鞋都穿不上。那时候，如果能有一双布凉鞋穿，心里别提有多高兴。母亲以为女儿也会有自己当年的那份欣喜。

小梅明天一早就要走了。母亲实在想不出更好的办法。母亲的眉头皱得更紧了。女儿在小屋里还没有睡。想着同学们都穿着五颜六色的凉鞋，小梅心里羡慕极了。但她也知道自从父亲在煤窑里把腿摔坏了之后就再也不能出门挣钱了。家里兄妹几个读书能已经很不容易。母亲为了他们上学已在一日日透支自己的身体了。她有点后悔刚才对母亲说的话。

这时，小梅看到父母屋里的灯还没有熄。她悄悄地凑到父母屋门外。母亲说:“我原以为她会喜欢这双布凉鞋，谁知她看不上。”“现在这些孩子可不比我们当年了。”是父亲在说话。“要不就先把买化肥的钱让她带上去镇上买一双凉鞋。”母亲接着说。“那化肥怎么办？”

父亲有点着急地问。“这几天，我再上山打点山货。”

小梅在窗外实在听不下去了。她泣不成声地跑回了自己的小屋。母亲听出是女儿的哭声，急忙追过来。母亲坐在女儿的床边，女儿把脸埋在被窝里。母亲劝女儿：“小梅，别哭了。明天你把这十五元钱带上。”“我不拿，我就穿那双布凉鞋。”小梅近似沙哑地喊道。忽而又坐起来，小梅抱住了母亲。母亲有点不知所措的惊慌。“妈，您把那双布凉鞋拿给我吧！明天我就穿那双布凉鞋。”母亲内心有种暖流流过心田。她看着昏黄灯光下，小梅还在抖动的双肩。

第二天在小梅班的教室里，女同学们都围在小梅的周围。“小梅，这凉鞋真漂亮！”“小梅，你的鞋在哪儿买的，我要买这样的。”一群女孩在教室里叽叽喳喳地议论着小梅脚上的鞋子。

小梅看着身边的一群女孩，心中不禁有一股暖流流过。

— 温暖老家 —

角色

小时候，每年都有城里的豫剧团送戏下乡。围绕在戏台周边的我们并不是真正懂得演员演的戏，这些演员吸引我们的更多的是他们传达给我们的新鲜感。

卸了戏装的演员别有一番美丽，他们穿着时尚的衣服。其中演杨排风的女子衣着华丽，身姿婀娜。她走在夕阳下田间的小路上，淡淡的阳光从背后照着她，光彩夺目，好比仙女。在她的身后是一片惊呼和一长串目光。那些眼光揣着各自不同的企盼。但更多的是对美的欣赏。不管这种欣赏的动机是什么。但没有恶意。

我们在河里捉鱼，“杨排风”也来河里了，脱了鞋，挽起裤脚下了水。妈呀！她也来捉鱼。比我们年龄大很多的老海惊喜地小声说。这还了得？老海正处于青春期，他正被无数个莫名其妙的想法左右着，对异性的向往正以他不知所措的方式和速度浸入他的内心。他明显手足无措，一向能捉鱼的他此时显得特别的笨拙，本来想在“杨排风”面前立功表现，他的机灵和敏捷突然在此时哑火。怎么能这样啊！他一定在内心懊悔，但他又找不到补救的办法。也许下一刻，“杨排风”就会带着满身的香气离开，就仿佛天上飞起的小鸟。如果那样，就要等到下一年她们再来的时候。老海心里那个急啊！此时从田里干活回家的老队长正从河边过，高嗓门地说：“老海，你捉了几条？”老海傻了，心里一紧，怎么能在这个时候叫我，还问我呢？真讨厌！正当此时，“杨排风”的同伴喊她，“杨排风”在老海的注视中走掉了。“杨排风”的背影一直定格在那个美丽的黄昏，定格在他整个青春期。她成了老海整个青春期的美好影像，是“杨排风”装点着老海最初梦一样的时空。

自此以后，老海再也没有看到过“杨排风”了，尽管“杨排风”的面孔变得越来越模糊，但她的气息，她的影像一直定格在老海的大脑里，挥之不去。

一个陌生的女子，是青春期的幻想，还是时空一直在夸大着那一年的影像？但这陌生的女子却充当着老海印象中一个无法复制，也无法替代的角色。

读茨威格的小说《一个陌生女人的来信》时，我已上中学了。读完以后并不完全明白其中的意思，我也到了像老海当年见到“杨排风”的年龄了，我被小说中的某种气息和情愫打动了，但我也不确定这些东西是什么，又是怎么打动我的。我一直被这种美好但却未知的情愫包围着。从中学到高中再到大学，我有过很多次重读《一个陌生女人的来信》的冲动，但我拒绝了这种冲动。我想保持着自己对这本小说最原始的理解。

“杨排风”其实不过是儿时豫剧里的一个角色，是我们童年的一次温暖记忆。和她一样，我们每个人在一生要承担很多个角色，不管是哪种角色，我们务必选择好的、健康的角色，并用心、用力把自己的角色完成好。这样的人生一定是有意义的人生。

儿子，去看看海

到北京当晚，和哥嫂及干妈干爸吃饭。饭间，干妈说明天有一个网站组织活动，是去唐山市乐亭的渤海湾游玩。干妈提议让我同她一起前往。

一向谦虚的妈妈一点也没犹豫地对我说：“你去吧，看看海！”

妈妈的文化并不高，却能一直支持着她最小的儿子。她甚至只看过几篇我写到关于她的文章，除此之外，她其实对我所写的内容、体裁、风格一无所知。以她对文字的把握还无法完全对她儿子的文章做出评判。可是，她却以一种最原始，也最本能的方式支持着她的儿子。

记得我刚踏入社会时，做单位的宣传工作。母亲其实并不懂我的工作，但不管遇到什么困难，她总在以实际行动支持着她的儿子。她总是鼓励我。后来我慢慢熟悉了新闻宣传工作，母亲很高兴，拿着我在报纸上发表的与她毫不相干的新闻喜形于色。

有一次，一位朋友去了西藏。回来后对我讲述了去西藏的经历。后来我很羡慕地对母亲谈起了这些，说，如果我去，我会写一篇长文。不经意的一句话，却让母亲深藏于心。再后来，她就觉得她的儿子会写很多的文字。所以她觉得自己的儿子应该要去很多地方看看。母亲虽然不懂“读万卷书，行万里路”的道理，却实实在在把这一思想付诸对儿子的期待中。

记得著名作家毕淑敏的长篇小说《红处方》的后记的题目叫《女儿，你是在织吗》。

她写道:“……打印出的稿纸越积越厚了，母亲有一次对我说，女儿，你是在织布吗?

我说，布是怎样织出来的，我没见过啊。

母亲说，织布女人，要想织出上等的好布来，就得钻到一间像地窖样的房子里，每日早早地进屋，晚晚地才出来，不能叫人打搅，也不跟别人说话。”

记得当年念中文系时读完小说的后记，母亲朴素的表达和对女儿殷殷的希望，让我心生感动。

有这样的母亲，能不打动女儿吗?

有这样的女儿能不让母亲自豪吗?

我之愚钝自然难与毕淑敏相比。但是母亲对儿女的那份心情和支持却是几近相同的!

那天，一向谦恭客气的母亲毫不犹豫地让我去。其实一次普通的出行，一次不经意的远游并不能代表什么。可是一辈子勤恳劳作和热爱生命的母亲却将之视为厚爱并以爱的名义给了我!

那天我去看海了!大海的辽阔，海滩的绵软，蔚蓝的天空的美丽，那一刻我站在海边感受着自然的博大，想到海子的《面朝大海，春暖花开》，想到一样博大而悠远的母爱。晚上，浪漫的游客在海边开起了篝火晚会，篝火的温暖一如母亲的细语叮咛……

母亲不懂写作，更不知道如何做学问。但她始终如一地鼓励和支持着她的儿子。没有说教，没有施压，没有更高的奢望，她只想儿子能高兴，能有收获就好。不管这种收获是多，是少。

其实具体地说，我写过的文字中关于母亲得并不多，只在报纸上发表过一首小诗和一篇散文。记得去年我把写她的那篇散文给她看，接过报纸，她甚至有点不太好意思地轻声说：”我有什么好写的！”

我深知，对她来说我写的是什么，怎么样，她都不在意。她深知自己的儿子知道怎么去做。她只要把爱、关怀和支持给她的儿子就行了。

在这个世界上，如果真的有一种无私的爱，那就是母爱。不管有多少以爱为名的爱存活在这个世界上，也不管那些爱用怎样精彩的故事吸引眼球，以多么惊心动魄的形式掠人心魂，然而，母爱的真实和纯粹让我有理由相信这个世界上有真爱和无私的存在。

黄昏

又是一个黄昏的到来，仿佛是不变的约会；

又是一个人独自回家，好像是预订的票根。

在这个小城，有一个所谓的我的家。其实我常常把自己的家当成是生我养我的故乡。也或许这个家还没有一个特定的形式。

黄昏，一个人走在路上，看路上匆匆而过的路人，看边走边聊的小家庭。他们怀着属于各自的幸福和惆怅走着，其实幸福和不幸没有特定的理由。记得从前看过北京的一位作者写的一篇叫《衰老》的散文。其中的一句话至今记忆犹新：达观的心态是最好的健身操和护肤霜。说得一点也没错！

记得几年前的冬天，相约去一个朋友家去玩。他的家住在山上，要走很远的山路。崎岖的山路上，幸亏有另一个朋友的 MP3 作陪。边听边走，让漫长的山路变短。就是在那个下午，在朋友的 MP3 里，我听到了一个叫小刚的歌手唱的《黄昏》。或许是特殊的心情顺应了遥远的回忆。我结束了和朋友们的说说笑笑，独自沉浸在歌的旋律给予我的思绪旋涡里。记得那晚，山里飘雪了，而且一下就是一整夜，酒桌上浓烈的玉米酒模糊了我对自己酒量的判断。席间，推门出去透气，扑面而来的是漫天飞舞的雪花。雪花激荡了我的心情，让我对自己酒量判断的失误变本加厉。

一夜的雪花飞舞，换来的是一夜的酩酊大醉。早晨醒来，朋友妈妈早已准备好了饺子。窗外的野地和山坡被厚厚的雪覆盖。多幸福的时刻啊！此后的几年里，我常常会不经意间想到那个音乐陪伴的美丽黄昏、漫天飞雪的夜晚、偶然的酩酊大醉、幸福环绕的酣畅淋漓。

如今，想再有这样的经历已经很难了。即使有这样的机会，也不会有那时的心境，那时的情怀，那时的纯粹。

去年冬天的一个黄昏，我听到了一个叫《冬季限定》的录音。我很喜欢朗诵者的声音。其中有这样的一段话：“但我记得有那样的一个限定，我始终没有离开，我就在这里。我知道，冬天过后总会有一个温暖的春天。快乐很重要，是吗？起码对我来说很重要！我希望你快乐，我希望大家都快乐！但是这个，这个很难！……”这个录音我听了很多遍。可是每一次听，都会有不同的感受！我知道，打动我的不是文字，可能也不是声音。我是被洋溢其间的气息所打动。

我还知道，在今后很多个黄昏，我还会被一些经过的、未知的所打动……

深藏于秋天里的爱

今日在网上看到《中国作家网》刊发这篇文章，之前也在地方的几个报纸刊发过。前几日刚刚把母亲从老家接到我这里，母亲自从腿上做过手术后，行动不如从前方便，正在恢复中，千百次商量才答应来城里。来时，她不忘把屋后院子里种的各种菜择好，分装，带给我们兄妹。这几乎是我们每次从老家走时的“规定动作”，我常常对妻子感叹：我们吃的哪里是蔬菜，明明是深藏其中的爱啊！前几日看到著名作家王安忆写的一篇关于母亲影响下的写作的文章，感触颇多。

这些年，一路走来，无论生活工作，还是我的志趣爱好，母亲都心怀期望地支持我的选择、坚守和努力。她总是相信自己最小的儿子没有错；相信只要去努力就会有收获就会无怨无悔；相信宁静、豁达、平和的生命态度比短暂的成功更重要。母亲其实讲不出这么多大道理，但她几乎一直践行这样的态度。她懂得尊重孩子、懂得顺势利导、懂得善良地浇灌。都说母亲的言行会影响到孩子的一生；都说娘在家在；都说儿行千里母担忧，但只有你真正成熟和体验之后才明白其中的深意。时至秋天，收获的季节，我虽无大的收获，但却能在秋风吹拂下明白母爱的珍贵，明辨生命、真爱的含义，明确自己生命的航向和关怀。

母亲和母爱是说不完的话题，不管是流畅还是起伏，但它的源泉是爱，是伟大，是不朽……

正如我在《母亲的菜地》里写的一样："母亲的菜地不仅丰富了我们儿时的餐桌，也丰富了我们的记忆，而且让我们在很小的时候就懂得了要回望土地、珍惜生活。许多年以后，我们仍然时不时能品尝到母亲种出来的蔬菜。它天然，原汁原味，充满情意。它让我们常常想到母亲的那块小菜地，它更让我们常常在某个瞬间体味到蔓延在岁月之中的母爱。"

第三辑

隐秘的村庄

多少年的追寻，多少次的叩问。乡愁是一碗水，乡愁是一杯酒。乡愁是一朵云，乡愁是一生情。
年深外境犹吾境，日久他乡即故乡。游子，你可记得土地的芳香。妈妈，你可知道儿女的心肠。
一碗水，一杯酒，一朵云，一生情。

——乡愁（《记住乡愁》主题曲）

— 隐秘的村庄 —

发生在村庄里的事情，几乎全村人都知道。许多年来，村里人都是这么认为的。

今天，李根家的鸡不知跑到哪儿了？明天村里的庆山说自己的鸡栏里多了一只鸡。肯定是李根家的。送去吧！二话不说，送到了李根家。

过几天，中娃和刚过门的媳妇闹了架，村里就开始为中娃担心，这么厉害的媳妇，以后怎么办？再过几天，四奶奶家母猪怀孕的消息不胫而走，村里的女人们听说了，都纷纷往四奶奶家里跑。反复叮嘱四奶奶给她们留个伢猪，生怕轮不到自己。乐得四奶奶嘴都合不拢。就指望着母猪这次能多添几个崽了。

村里的汉子们却恰恰相反。他们只是少数几个家里实在走不开只好留在家里的男人。见面就打听出门在外的那些男人们的行踪。“听说，中娃哥今年从广州到了北京了，就在天安门附近。”“还是搞建筑吗？”另一个很快就接上了。“一天五十呢！”“唉，要不是媳妇就要生孩子，我也去了。”村里的男人也关心着村庄以外的事情。这话刚好被经过的老队长听到了。老队长提高嗓门指着自己的儿子说:“不好好种庄稼，操那心干啥？”

老队长才是村里的“百事通”。村里哪家地里下了多少种？收了多少谷子？养了多少只鸡？喂了多少头牛？他心里清楚得很。他像村里的一个智者。他前些年就劝阻儿子不要去村口的河滩上造地。儿子们就是不听，去年夏天，一场大水又把庄稼地变成了乱河滩，恢复成了它原来的模样。村里的牛就数闫二家的最厉害，能耕地，能打架。闫二在秋后，一连让它干了十多天。老队长劝他让牛歇一歇，闫二没有听。正从邻村往回赶的时候，却见到了庆山家的牛，闫二的牛拼命冲上去。它们可是村里有名的“仇家”。一架下来，虽然赢了，但是闫二到了半夜里听到一阵牛哞，出来一看，牛已经倒在了牛栏里。老队长说:“人畜一般，这牛是太累了。”

村里许多事都是透明的。一发生就会被村里人弄得一清二楚。

但是，村里一定还有许多村里人不知道或许永远都无法知道的事在不断地发生着。村里人会在浑然不知中度过一年又一年。

譬如，庆山与三姑娘婚后长达一辈子的恋情。他们都是本分人，他们的爱情只存在于他们的眼神里；譬如，李根家的公鸡一直朝着庆山家的花母鸡鸣叫，直到被李根卖给镇上的饭店；譬如，一堵新墙正在一天天褪色和剥落，它的阴影再也不能为村里孩子们遮住太阳；再譬如，一只老鼠曾经把庆山当年送给三姑娘当做定情物信的花手绢咬得支离破碎，然后拖进洞里，三姑娘浑然不觉地找了几天，为此伤心落泪，她还以为庆山把它收回了，所以才嫁给闫二。这些都是在村里人不知不觉中发生的，村里人根本就不知道这些。原先他们眼中的村庄突然变成了极不完整的村庄。

这个村庄以外一定还有一个更为隐秘的村庄。面对这个隐秘的村庄，村里的蚂蚁、小草、麻雀等一定也像村里人以前看它们那样看待村里人。村里人也会在不知不觉中被村里的一草一木、花鸟虫鱼谈论着、嘲笑着、讽刺着、欺骗着。

面对这样一个隐秘的村庄，村里的人仿佛面对着一个自己以前从未见过的黑洞。村里人并不知道这个黑洞里盛着什么东西。他们更不知道这个村庄今后还会发生什么，上演着什么?

村庄对于村里的人来说永远都是个谜。

他们总是以为自己是村里最聪明，最有能耐的一群。但是其实恰恰相反，村里有很多故事和感情不被他们发现和感知。他们甚至连他们自己发生的事都有些搞不清楚真正的原委。

面对一个自然的村庄，村里的人一定是茫然无知的，它是一个永远无以知晓的隐秘。村庄的将来村里人更是无法预知的。甚至村庄的过去在村里人的记忆里也只是一个又一个片段，是一个无法完好拼接的整体。

– 永远无法猜度的内心 –

也许是上天的恩赐或者是基因遗传，三姑娘把自己美丽的因子传给了她的孙女春花。和三姑娘一样，春花是村里最美丽的姑娘。一样的美丽，也经历着一样不同寻常的人生。

因为美丽，三姑娘成了当时村里小伙子竞相追求的对象。本爷、十八爷、九娃当年都是主要竞争对手。其中最有竞争力的当数老毅的爷爷。老毅爷爷体格健壮，为人仗义，实干孝顺，在村里口碑很好，有超高的人气指数。

本爷人虽聪明，为人却很小气；十八爷力大无比，人忠厚老实，也很孝顺，却是有名的“暴脾气”；九娃手巧，点子多，口才好，可谓“手有一双，嘴有一张”，却是说得多，做得少，徒有一张嘴。

十八爷原本有一定的“晋级”可能性。可是“抓壮丁”时，他远走他乡，入了军营。用他的话说，我天生就是当兵的料。再说，他当年没少给三姑娘家干活。凡是力气活，他几乎全部包揽了。可是三姑娘闪烁的态度让他提前丧失了斗志。那年秋天，在庄稼地里，他鼓足了勇气向三姑娘表白。紧接着他准备去拉三姑娘细白的小手，眼看着就要拉到了，三姑娘却在一瞬间将手抽回，然后惊恐地向玉米地深处跑去。火暴的十八爷哪能受这种打击，他发疯般地跑出了庄稼地，仿佛全村子人都看见了刚才发生的那一幕。内心的委屈和怒火让他早早地淡出了三姑娘的视线。

后来，他参军到了部队，强健的体魄、优良的品质让他迅速成长为一名真正的军人。因此，他参加了徐州会战和抗美援朝等大型战争。由于他作战勇猛，所以屡次立功，他一直保存着两枚金光闪闪的抗美援朝勋章。十八爷显然是个“施瓦辛格”式的硬汉形象。他没有陷入与三姑娘的感情旋涡之中，也许他是幸运的，虽然失去一次与爱情相遇的机会，但他却走出了属于自己的路。他在战争年代成就了一个热血男儿应有的梦想；成长为一个经受得住血雨腥风洗礼的战士；打造了自己内心的坚毅和荣光。

正当十八爷在战场上保卫祖国的时候，三姑娘也同样在进行着自己的“爱情战争”。聪明的本爷，花了不少心血，用了不少手段，却被现实一一破解，让他的真实嘴脸在三姑娘面前暴露无遗，最后只得落荒而逃了。与本爷相比，村里人都一直认为老毅爷爷应该是三姑娘的不二人选。大概三姑娘本人也这么认为的。倘若按照村里的人想法毫无悬念地发展下去，也许三姑娘的爱情就会有一个很圆满甜美的结局。可是村庄里的戏剧常常发生，因为有了戏剧村庄才变得异样的精彩。

老毅爷爷是村里当时年轻人中为数不多的高中生之一。生性稳重仗义的他，自然成了村里不少姑娘的目标。那些姑娘都梦想着有一天能成为老毅爷爷的婆娘，给他烧饭、洗衣、温酒、暖被窝。单单是老毅爷爷家的那份殷实的家产也足够让她们中意的。难得的是老毅爷爷打小就很成器，不仅精明强干，还很会操持家务，农活也是全村年轻人中干得最漂亮的一个。在姑娘中同样出类拔萃的三姑娘成为老毅爷爷顺理成章的选择。心照不宣的他们彼此保持着足够的信心和耐力。即使有本爷、十八爷和九娃先后发起了强劲的攻势，也没有让老毅爷爷和三姑娘感到有危机。他们相信爱情属于他们，幸福同样归属他们。内心的淡定和从容，竟然改写了他们原本设计和看好的结果和人生。也许是“大意失荆州”；也许是命运原本的写就。

老毅爷爷胸有成竹地经营着自己的生活，从小队会计做起，慢慢地成为小队长，他正在铆足了劲，全心全意地向着大队会计努力，然后就是村主任，村支书。当然三姑娘是他奔着这条路奋斗的最大动力。他一路奔走着，他想着在全盛的时光迎娶他梦中的新娘；他想用最优美的方式和男人最优雅的态度成就自己的婚事。

现实总会给予想象出乎意料的注脚。原本已经与此事无关的九娃，却在三姑娘和老毅爷爷之间适时地占了先机。一天，九娃跑到他二伯家里，他二伯是方圆百里有名的算命先生。第二天，村里就有人说，三姑娘和老毅爷爷八字不合，老毅爷爷命硬，三姑娘跟着他是走不到头的。这话恰恰就被三姑娘的娘听到了。三姑娘的娘原本就反对女儿跟老毅爷爷，而且在村里她是有名的最信命的人。她当年就是听了九娃二伯的话没有远嫁他乡的。为此，三姑娘的娘已经感激了九娃二伯好多年。这次，九娃二伯的话她自然就深信不疑了。她极力反对这门在他人看来很般配的婚姻。而三姑娘并不顾她娘的反对，铁了心要跟老毅爷爷，她费尽心思和精力与自己的娘战斗。这让在一边猴急的九娃乱了方寸，原本想折腾一下，把三姑娘的念想给断了。谁知却适得其反，这不是搬起石头砸自己的脚吗？

正当九娃一筹莫展的时候，却传来了老毅爷爷出事的消息。就在三姑娘和她娘极力较量的时候，不知情的老毅爷爷却开始心灰意冷。毕竟是年轻人，缺了那么点定力。一向沉稳的他却独自借酒浇愁，一个人躲在村后的山上喝得酩酊大醉。正当他神志不清的时候，在山上干活的兰花经过这里。见老毅爷爷晕倒在一片玉米地上，心性善良的她就上前去扶他，可是兰花哪能扶起体壮如牛的他啊？于是她只好全力将他抱在自己的怀里。烂醉如泥的老毅爷爷此刻根本分不清抱自己的是兰花还是三姑娘。他感觉到了一股少女的芳香扑鼻而来，仿佛被一片温暖和幸福包围。他体内的骚动瞬间传遍全身。他完全被一种强烈的冲动控制着。接下来，强壮的老毅爷爷不由分说地将兰花压在身下，兰花被眼前的情形惊呆了，有些不知所措，却又无力反抗。在那片寂静、碧绿、绚烂的玉米地里，老毅爷爷把少女兰花瞬间变成了自己的女人。烂醉的老毅爷爷以为那个少女就是三姑娘。到了黄昏，当他醒来看到由于惊恐和害怕不敢回家、守在自己身边的兰花时，他才明白自己的“过错”。他看到坐在玉米地上的兰花，心中有一丝不安和慌乱。看着村庄各家各户屋顶飘起的炊烟，他心里明白，他心中的爱情也和屋顶的那缕炊烟一起远远地飘走了。

其实，受伤的兰花也是村里暗恋老毅爷爷的姑娘之一。兰花虽然没有三姑娘那样有姿色，却也是一个善良、本分、能干的姑娘。兰花只是觉得自己可能没必要去白费力气向老毅爷爷妄下爱情的种子。此前，她也以为三姑娘才是属于老毅爷爷的。经过这个下午，当她小心翼翼地跟着老毅爷爷从山上向村里走去的时候，她心中明白她从此就是老毅爷爷的女人了。那一刻，她心里甚至有过一丝“受伤”的侥幸。

像老毅爷爷这样的有志青年，却在村里有了这样的“绯闻”，他只能对兰花负责。不久后，老毅爷爷不仅在村里的职务被剥夺了，当然失去的还有他梦寐以求的和三姑娘的爱情。兰花没过多久就进了老毅爷爷家，成了老毅的奶奶。

真正受益的是九娃。三姑娘的娘坚定不移地相信九娃二伯的话，也深信三姑娘嫁给九娃没错。许多年后，当村里人谈起这件事时，村里的媳妇们都替三姑娘遗憾。都说九娃除了一张嘴能说外，别的都不值一提。九娃不仅不务正业，家底还很薄。三姑娘极尽所能，也没能让这个家有多大的起色。九娃在村里人面前得意扬扬，四处炫耀自家的媳妇。老毅爷爷在村里遇到三姑娘了，也有意无意地躲开。等三姑娘走过，他又在篱笆后或是某个拐弯处偷偷地看三姑娘略显臃肿的身体。心中有说不出的阵阵酸楚。

村里人说，都嫁给九娃好多年了，每到大忙季节，三姑娘还时不时地在自家屋后远远地欣赏老毅爷爷犁田耙地。村里人还说，九娃嘚瑟什么？人家三姑娘心里装着的一直都是老毅爷爷。

乡村瓦屋　赵锋摄　\　2016 年 . 赵庄

– 另一个村庄 –

村庄里有两块墓地，在村子靠西边的两块山坡上。山坡都快荒芜了，只剩下几块不大的庄稼地。荒芜的山坡越来越像人们想象中的墓地。

墓地的荒凉和村庄的火红构成了鲜明的对比。

墓地是这个村庄的另一个村庄。或者说，这个村庄和墓地加在一起才算一个完整的村庄。唯一不同的是躺在墓地的村民，永远都是这个村庄的旁观者。无论生前他们是什么样的人，到了这儿之后，都是这个村庄的陌生人。一切都得重新开始。

墓地里也挤满了人。张大爷来到墓地时已经九十岁了，他还像从前一样想在墓地里当大爷。可当他进入这个村庄之后，他才明白完全不是这回事了。他甚至在这个村庄看到了自己二十年前就已经去世的父亲。他还是个孩子，他必须在墓地里重新长大。

每个村庄每年都会有人走向墓地。走向墓地就是一个终点，然后在另一个村庄里，又开始从少年走到老年。

平日时很少有人去墓地。另一个村庄的事有另外的人去管。有一年，李家与冯家因为墓地地盘发生了争执。李宾的父亲去世了，想埋在冯家的地里。冯家极不愿意，说很好的一块平地有了一座墓会影响牛耕地，甚至还会影响到他秋后的收成。两家原本很好的关系就因为一块墓地而发生了变化。最终还是由李家赔给冯家两斗玉米才算平息了。

另一个村庄同样在风中雨中度过一年又一年的时间，在春去秋来的岁月里。另一个村庄流传着他们自己的故事，他们每一年都迎接一个又一个从村子里搬进来居住的人。但是，他们再也不用担心会有人从这里搬走了。另一个村庄是生命的终点站，也是他们居住的最后家园。谁也别想能再从这个村庄走向其他的村庄。

一个人在他曾经生活过的村庄里不知走多少年才会走进另一个村庄。其实，一个人从出生那一天开始就朝着另一个村庄行走。只不过，有的人走得快些，有的人走得慢些。更多的人却尽量放慢自己的脚步，把从村庄到另一个村庄的路变得更加漫长，然后在这条路上看孩子们一个又一个长大，看庄稼一年又一年成熟，看一棵棵树从幼苗变成老树，看着房子由新变旧。等到孩子长大了，树变老了，房子旧了的时候，他们才发现再走几步，前面也许就是另一个村庄了。

相反，有些人却在不经意间闯入了另一个村庄。走进另一个村庄才发现，自己在村庄里还有很多事情没有做。村庄还有如花的妻子、待哺的儿子、年迈的父母。他只能在另一个村庄默默地遥望着，自己的庄稼地一年一年地荒芜下去，自己的儿子已经管另一个陌生的男人叫爸爸，自己亲手栽下的树苗长大后由别人砍走去造房子。

就这样，一些人早早地离开了村庄，走到了另一个村庄。他们只有别无选择地居住下来。而另一些人又在村庄里一天天老去，也正在一天天向着另一个村庄走去。一茬接着一茬地走向另一个村庄。谁也无力阻挡或延缓。

— 拒绝 —

这个村庄里发生过许多次的拒绝。尽管每一次的主角并不全都是我。为此我常常感到庆幸，同时也曾为此伤感过。

最早知道被拒绝的滋味是小时候和伙伴们做游戏。我被村里大我几岁的老海丢在一棵比我身体和年龄都高很多大很多的树下。而老海他们却在树上嬉戏，摘着紫红的桑葚。我极委屈地站在树下，仿佛被遗弃的孩子。树下只有我一个人，第一次被拒绝了。童年时也第一次感到了树上的桑葚并不是村里的每一个孩子都能自由地吃到，童年的快乐也不是村里每个孩子想拥有就能拥有的。

待在树下的日子对于我来说是一个漫长的过程。就这样一年又一年地看着桑葚红了，又谢了。因为，我要等到长大长高的那一天的到来。我必须长到一个不会轻易就被他们拒绝的高度和年龄。为了这一天的到来，我宁愿把童年缩短一些。尽管，我明明知道这些是不太可能的。

再次体验到这种滋味是再大一些的时候。那时候，我跟着别人去放牛。时间长了，我才知道牛也是可以交朋友的。要不然，村里为什么常常会有牛打架呢?

一天放牛时，我发现一头小牛想跟着它的哥哥去吃草。哥哥回头用角去抵小牛。小牛执着地试了几次。然而，哥哥并没丝毫的松口的意思。小牛被它排斥在了离它十米以外的地方。小牛独自一人孤零零在荒草地上守望着自己的哥哥。那一刻，我的心像是被强烈地撞击了一下。眼前的小牛让我想起了小时候被大孩子们抛在树下时的背影。以前，总觉得朝夕相处的牛不会彼此分开。就算分开了也没有关系，动物能懂得什么呢？直到看到那只小牛，我才明白牛也能体验到被拒绝的滋味。牛其实也有一个并不亲密无间的童年。我想：小牛的心里一定也和我小时候一样的孤单。小牛也一定在它的童年时就早早地尝到了拒绝的滋味。

再后来，我长大了。我听到和看到更多次的拒绝。听到最多的就是村里的老毅被当时称为“村花”的春花拒绝了的故事。这件事发生的时候，我还很小。我庆幸没有看到这个故事，只好听那个流传在村里的故事。老毅和春花从小一起长大，青梅竹马。老毅心里早就开始喜欢春花了，就是嘴上不说。他暗自看着春花一天天地长大，一天比一天更有女人味。老毅心里暗暗地兴奋着。他像是在树下等着树上的苹果变红，变红，直到熟透了，他再去摘下来。他以为树上的“苹果”肯定属于他的。

为此，他早早地和父亲把自家的旧房翻盖一新。他就要在这亮堂堂的三间大瓦房里娶自己的新娘，把梦中的春花接进新房。

这一年，老毅二十二岁。这在农村已是早就应该结婚的年龄了。老毅的新房都盖好两年了，就等着新娘进去住了。

接下来就要去请媒人说亲。村里的凤婶与春花妈平日里很是不错，凤婶又是老毅的本家长辈，那就请凤婶去说亲。凤婶义不容辞地去了春花家。老毅美滋滋地在家里等着凤婶带回好消息。

但是凤婶并没有带回让老毅满意的好消息。凤婶说，春花妈说她们家的春花要远嫁了。凤婶起初并不相信，就问："那春花要嫁到哪儿？"

春花妈说："村里大概就是你们一家子不知道吧！就是上次村里来摆摊子的河南人。"

听了春花妈这么一说。凤婶这才猛然间想起前些日子在春花家里住的那个外乡人。

"那春花她本人也愿意吗？"凤婶又问。

"就是她本人愿意啊。要不她能听我的？"

"老毅这孩子就是怪好的。"春花妈最后对已走出门的凤婶说。

凤婶拘着头急急地往侄儿家里赶。老毅听后，怎么都不相信凤婶的话，硬说凤婶跟他开玩笑的。

其实，老毅在心里已有所察觉。前一段时间，他就发现春花说话有些不一样。他以为是春花的心情不好，就没有多加留心。谁知她会来这么一出。

老毅心急如焚：不，我得亲自去问一下春花，听她亲口对我说。

老毅决定当晚就去找春花。

还是在村里水塘边的槐树下。老毅生怕春花会因为害怕不来。

他刚走到槐树下就看见春花坐在树下的石头上。两人在树下进行了长达两小时激烈而悲壮的对话。

后来，两人不欢而散。老毅拂袖而去。

一个月后，春花就和那个外乡人走了。

村里人都说："真看不出平日里善良又温顺的春花，心这么狠。"

春花走后老毅在家睡了三天。他对父亲说，要娶个外乡女人。父亲后来就托人在邻县给老毅找了个媳妇。

春花的拒绝让老毅比村里其他年轻人更快地成熟起来，更能面对生活中突如其来的变故。

老毅是村里最早盖楼房的人，是拒绝成就了他的成熟。

许多年以后，老毅才得知，当年春花之所以拒绝他的原因是：春花爹要老毅他们家里必须拿出两万元的彩礼。但是老毅家里当时根本不可能拿出这么多钱。那个外乡人就是因为拿出了相应的彩礼才领走了春花。

好女人就是春花这样的女人。她们才是真正拥有过爱情，真正懂得去爱的女人。她为爱默默地付出，还要忍受着人们的非议。她们的爱就像是金子，是经得起生命和岁月考验的爱。

当年被误解的春花却给后来村里的姑娘做了好榜样。村子里再也没有因为彩礼钱而耽误的亲事。

在村里，春花成为了"真爱"的代名词。

静静的石磨 赵锋摄 / 2013年 . 赵庄

– 失去 –

失去和得到只是一瞬间的事情。它常常让人难以预料。失去了绿叶得到的是花朵；失去了青春却得到了成熟。但也有时候，失去了却什么也没有得到。村里的人有时就这么想。

那一年，是春天刚来不久。万物复苏，村里的青年人刚刚脱下身上厚重的毛衣。他们正在脚下生风地在村里奔忙。也许过几天，他们就都要去外地打工了。可是，就在这个时候，村里刚过花甲的喇叭爷仓皇地离去。他的死似乎从开始就想躲过村里人的视线和意料。按年龄算，他至少排在村里第十六位以后。也就是村里离去第十六位老人以后才会轮到他。喇叭爷突然离去，村里人总觉得他死得有些急不可待，像一个仓皇逃回家的士兵。

如果按正常的情况，十六位老人的离去大概还需要十五年，甚至是二十年。喇叭爷曾经是村里有名的乐手，他的一生曾经给这个村庄增添过极其丰富和悠长的快乐。在这长长的二十年间，喇叭爷还会给村里增添多少喜庆呢？没有了喇叭爷，村庄变成了沉默的孩子。

喇叭爷走得无声无息，像是冬天黑夜飘落下来的雪。喇叭爷从精神矍铄到眼神黯淡只经历了短短的三个月。这一过程似乎太过仓促和匆忙，这一过程也惊呆了村里所有的老人和年轻人。老人害怕衰老会过早地来临，年轻人却提前体验到了衰老的速度，因为他们害怕会顷刻之间失掉青春，失掉夜以继日的梦想和希望。

衰老和死亡之间真的就这么短暂吗？

又是这一年，也是这个春天。村里又有一位老人逝去，就在喇叭爷去世不到一个礼拜的时间。他是村里年龄最大，辈分也最高的礼爷。礼爷要是再活过这个春天的话，就该九十岁了。村里人在惊羡礼爷高寿的同时，也在担心着他的身体。曾经有几次礼爷险些失了性命，可是几乎每次都是有惊无险，绝处逢生。从死神手里逃回来的礼爷，似乎更能经受死神的检验。村里人觉得礼爷注定是一个高寿的人。

多少年过去了，礼爷在生死中挣扎着。村里人眼睁睁地看着礼爷病了又好了，好了又病了，耳朵聋了，背也驼了。有好几次，礼爷又病了，眼看就不行了。一大家子人都淹没在死亡将至的恐惧中。有一次，甚至已经从楼上把落满灰尘的棺材都刷扫干净，准备后事。但礼爷还是一次次从死亡线上活过来了。村里人说，礼爷是个受活的人。

恐惧伴随着死亡来了又去了。村里人总觉得死亡是可以预料的，但是礼爷的死让村里人明白，其实生死是人无法预知的。在这条路上，有人走得慢，而另一些人却走得快些罢了。有人因为乐观而忽略了死亡的恐惧；相反，又有一些人因为恐惧而加大了死亡的分量。从此在生命的暗角噤若寒蝉。

这个春天，村里人的确迷惑了。对生命和衰老的判断的坐标乱了方向。同一个春天，同一时空，同一个村庄，喇叭爷花甲之年骤逝，礼爷却又耄耋之年辞世。

他们原本以为会活得更长的人却早早地去了。而正是这些老人却久久地坚守在这个村庄。活得久了，就想着和村庄亲人相依为命，他们彼此都害怕失去对方和随之而来的失落。

这个春天，村里因为失去了两位老人而稍稍显得有些不安。在这种不安中，村里人仿佛看到了衰老正在村里四处游荡。它们潜伏在村里人身体的各个部分。随着风和时间刮走了活力和青春。

这个春天，两位老人教会了村里人懂得珍惜和善待生命，懂得转瞬即逝的岁月有多弥足珍贵。

失去的庄稼地

村里的庄稼地就像村里的人家一样。有多少户人家就有多少片庄稼地。庄稼地连着庄稼地，共同经历着风霜雨雪，彼此最终成为了兄弟姐妹。

庄稼地是村里人的衣食之所。庄稼地养育了庄稼人。

庄稼地里也有流浪儿，比如河边的庄稼地，它们一些年月会长满庄稼；而另一些年月又被大水冲走，冲得无影无踪。河水来去无常，村里人刚刚把一块乱河滩改成了庄稼地，种子刚种上，河里又发大水。一季的忙碌就算完了。

庄稼地都有自己的主人。反过来，庄稼地在村庄里也代表着它们的主人们。庄稼茂盛了，主人在村里也很光彩。倘若某一块庄稼地里长满了草或是长得过瘦，村里人就会说这家人多懒，连地里的草都不锄。

庄稼地是村里人的命根子。没有庄稼地的人，在村里就是流浪人。没有庄稼地，该怎么生活呢？有一年，村里来了一家人。他们是从别的地方搬过来的，因此在这个村庄里，没有他们的地。他们是村里唯一一家没有地的人家。村里没有任何人情愿把自己的地让给他们家。那么多年，他们年复一年地看着村里的人把庄稼从地里收回家，内心不知有多羡慕，要是在这个村庄有一块自家的地该多好啊！那么多年，他们在村里很尴尬，他们失去的不只是庄稼地，失去的是在这个村庄里安身立命的资本。他们成了村里的流浪人。

有一年，一群修路工人来了。他们要在村里修路，而且不再像从前一样把路修在河边了。村里人为了怕失去庄稼地，所以往往把路修在河边或地边。然而，这一次却不同了。工人们先用仪器测量，然后划线。划完线，村里人才明白。公路这次要从自家的庄稼地里穿过。村里这次急了，经营了多年的庄稼地要被占了。庄稼地养活一家老小，这次却要长久地失去了。怎么办？

村里人想起了庄稼地一年又一年繁茂、茁壮的情景，想起了一年又一年收获时的挥汗如雨，想起了一年又一年粮仓满盈。内心涌起了不舍，就像舍不得亲人离去一样。

庄稼地从此就要变成公路，从此就再没有种子在这片土地上生根发芽，然后收获，然后成就村里人脸上的微笑。无数次的耕耘，无数次的翻越，也翻越着村里人心中闪烁着的希望；多少回的辛勤收获，收获的是大地回赠给村里人沉甸甸的果实。

村里人失去了一片庄稼地。

村里人觉得自己像是失去了一个孩子。

- 麦地深处 -

怎么也没有想到，凤奶奶会这么快就走了。在这个村庄里按辈分和年龄推算怎么也要到二十年以后才会轮到她去。但是病魔毫不迟疑地把她带走。这个村庄里有着太多的意外让人无法把握。

那天我从县城匆匆赶回老家。在凤奶奶的棺材旁见到了爷爷，同样因得病致使说话、行动都不方便的爷爷，拉着亲人的手泪流满面。要知道过去的十年里他可是当地响当当的乡镇党委副书记。疾病增加了他衰老和脆弱的程度。他用模糊的语言表达着他内心的痛楚和对亲人的谢意；他大脑清楚，但是苦于表达，因此他不得不借助自己的肢体语言让我给亲朋们敬酒。他无力挽留老伴的远走，以至于他在凤奶奶去世后，还摇头摆手说她还没去。他用蹒跚的步子在凤奶奶的棺木旁来回徘徊，以前总是凤奶奶扶着他在这条街上散步。以后呢？谁会搀着他呢？儿女也许会，但身边那个人永远都不会是凤奶奶了。

跪在棺材前的是琼花姐妹俩。凤奶奶的两个女儿琼花和琼英是我从小学到中学的同学。按辈分算，我应该叫她们姑姑。但毕竟是同班同学，我甚至和琼花坐过同桌。碍于面子就只好叫她们名字了。泪水经久不息地流过她们的眼角，模糊了她们美丽的眼眸。眼里充满了悲伤和对母亲的不舍。她们曾是那样亲密的母女。她们的关系一度像是姐妹。为了给母亲治病，她们倾其所有。她们都没有稳定的工作，只靠微薄的收入养家糊口。更别说高额医药费给她们带来的压力。但是她们都毫无怨言，甚至不惜为母亲的病四处借债。但这些努力并没有感动恶魔般的疾病。太多的努力也同样给予了她们太多的希望，正是这样，伤心就越重。

琼花痛哭流涕，泪水打湿了她的脸颊和衣襟。琼花从小就乖巧听话，人面桃花，凤奶奶打小就以这个乖巧伶俐的小女儿为骄傲。尽管生活并没有给予琼花太多的恩惠，但她自小就成就了母亲内心的期待。我和琼花同学多年，深知她的性格温柔善良，但她却少有流泪。这次却大有不同，极端的悲痛远远超过了她的自控力。眼泪流尽，可是母亲您在哪里？您听得到吗？琼花那单薄的身子如何受得住滴滴沉甸甸的眼泪！纵使眼泪淹没了视线，悲伤占据了心灵。琼花还是渴望看到母亲活着，哪怕看到的是病床上的母亲呢！

琼花跪倒在地上，抖动着双臂，泪如泉涌。悲伤的琼花没有想到这一幕正好被因为行动不便坐在二楼上的父亲看到。有人提醒了琼花，琼花心里猛地一惊，接着又急忙拉了拉跪在身边的琼英和小弟。

已是凌晨三点了，春天乡村的夜一阵阵的寒意袭来。而此刻最能感受到凉意的应该是琼花他们了。这也许是她此前从未体验过的最寒冷的春天。尽管此时大地正在向着绿色，朝着温暖迈去，山花也不失时机点缀着大地。但，这对琼花来说，那些只是画的底色，主题没了，再好看的画又能怎样呢?

凤奶奶被风水先生安排在琼花老家屋后的一片庄稼地里。地边有一棵柿子树，小时候，我和琼花她们经常在这棵树下张望日日红透的柿子。那时，琼花正是天真烂漫，脸颊就像树上的柿子一样。庄稼地里长满了麦子，三月正是麦子“扬花”的时节，细小的碎花装点着笔直的麦芒，似乎在夸张地显示着生命力的旺盛和强大。然而，如今麦地深处就是凤奶奶长眠之地了。透过麦秸之间的缝隙，依稀可以看到她曾经住过的老屋的屋角。她从这里搬走，如今又回到了这里，还要与它朝夕相伴。这也许就是完整的生命。

琼花、琼英、小弟以及他们的表妹都伏在麦地深处的泥土上，痛哭流涕，气若游丝，抖落了一地的“麦花”。无辜的麦子并不知晓琼花的悲伤。琼花煞白的脸掩映着离别母亲的无奈。

琼花怎么也没有想到，儿时打猪草走过的地边竟是母亲多年后长眠的地方。麦地深处成了母亲的另一个故乡。

丰收的屋檐下　赵锋摄　\　2015 年 . 赵庄

每个夜晚，只亮起一盏灯

每天下午下班回来，我都会先去超市里买晚上要吃的食物。超市里放着周传雄的《黄昏》。这大概是超市有意的安排，或者是无意的“讨好”。提着方便袋往回走，沿途的路灯次第亮起，仿佛乡村傍晚飘起的炊烟。它们告诉人们，夜晚来临了！

夜晚来临就意味着黑夜的开始。在许多年前的乡下，村里的那些怕黑的女人们就要乖乖地把门插好！特别是丈夫们不在家的夜里。面对黑夜，女人们显示出人的天然本性。黑夜似乎是强悍和神秘的，而弱者和女人恰恰离这些东西很远。因此，她们选择了退却。无论她们白天用怎么犀利的语言对付了村里最有力的男人，到了夜晚，这些外表的强悍訇然倒塌。它拒绝女人的所有娇媚和柔情似水。

黑夜的理性拒绝了坚强本身给予它的特质。为了驱赶黑夜，屋里亮起了一盏灯。在丈夫没有回家的夜里，女人与灯为伴，与黑夜做着持久的抗争。

记得村里有一个独自生活的老人。他儿女成群，却要独自生活，独居一室的他，基本不与儿女们来往。他过去是当地响当当的人物。他的强悍，他的精力旺盛，让他在村里叱咤风云。可惜，老伴并没有陪着他走更远的路。老人六十不到，老伴就匆匆离去。老伴的离去让他有点措手不及，生活突然之间变得凌乱。就这样，老人一个人度过了一个又一个的夜晚。此时，儿女大都成家，有的工作，有的远走他乡，各忙各的。老人住在原来和老伴一起住过的房子里。每晚只点一盏煤油灯。灯光如豆，老人在灯下摸索着吃饭、洗脚、铺床，然后就早早地睡下。窗外，村子里其他的人家，屋里灯火通明，老人却已早早地入睡。

每个夜晚，只亮起一盏灯。

儿女劝老人点电灯多好。老人谢绝了儿女的孝心和好意。几十年来，点灯的习惯让他离不开这盏煤油灯；勤俭的作风，使他更愿意点一盏灯。一个夜晚只亮一盏灯！这是老人的偏爱。

老人说，老伴在时，晚上全家就点一盏灯。全家人就集在堂屋里。为了省油，大家早早地吃饭，然后早早地睡觉。遇到有月亮的夏夜，全家人就都搬着椅子去屋外乘凉。老伴有时会给大家熬点绿豆汤，全家人就一起喝汤，其乐无穷！老人一直很怀念那些有月亮，有绿豆汤的夜晚。

乡村夜晚的寂静吓到了许多村里的女人。灯成了她们的保护神。亮起一盏灯就是一种安慰。那时，村里的汉子们都有上山打山货的习惯。为了生活，为了能挣点钱来养家糊口，他们往往要翻山越岭地走很远的路，去砍竹子，打山货，起早贪黑是家常便饭。

在村口张望过后，村妇们还要回家煮饭。家里还有一群孩子呢！天黑了，丈夫还在深山里，匆忙的脚步正朝着家的方向走来。家里灯已点亮了，丈夫的脚步正朝着这盏灯走来。他心里知道家里有妻儿老小在等他回家。

一年，村里三姑娘在外村的妹夫去很远的深山砍树，失足掉下了悬崖。三姑娘的妹妹请了家里所有的亲戚去那座山找了好几天。许多天后，村里另一个汉子在山上的悬崖边看到了三姑娘妹夫撕破的衣襟。

儿时，村庄里的一切让夜晚显得神秘而恐怖。许多年后，电灯装饰着村庄的夜晚。

我辗转到了一个小城。有了房子，有了自己的一个家。每晚坐在电脑前，开始自己的书写旅程。开一盏灯，在灯下完成自己的生活流程。窗外路灯闪亮，隐隐约约间，常常会想到村里老人的那盏油灯，想到村妇们家里那盏等待丈夫回家的灯。

那些灯为思念而亮，为期待而亮。老人、村妇、山路上步履匆匆的丈夫，为着这样一盏灯而忙碌着，奔波着。

前不久，回了老家，见到老人。我问："现在用电灯了吧！"老人很慈祥地回答："还用我的煤油灯呢！"

每个夜晚，只亮一盏灯。

老人已经习惯在灯下度过一个又一个黑夜，因为老伴一生也是在这样的灯下度过一生中的每个夜晚的。

– 走失的孩子 –

他是一个走失的孩子，从这个村庄里消失了近十年了，淡忘在人们的记忆里。他像被夜风从村庄中长久地带走了，又像一粒草籽落在被村里人忽略、忘记的山坳和角落。

他从小就是一个好逃跑的孩子。他似乎在埋怨自己不该出生在这个村庄。他从出生那天起就开始逃避房子、人群。一个人在风中奔跑，在野外玩耍；孤独地领着村里的狗群在山间狂奔；呆呆地在河边凝望。他还是个孩子，是从学校一年级教室里逃出来三次的孩子。他知道春暖花开的美，也喜欢村里每家每户的狗。他是个孤独的孩子。

他常常带着风从村子的东头跑到西头，然后又沿着老路跑回来。在奔跑中，他常常带着老李家的黑狗，他们一路都在交谈。他像是在告诉黑狗村里白天发生的一些事情，黑狗则告诉他黑夜村庄里的一切。然后一起疯狂地奔跑在村庄的边缘，与风中颤抖的绿叶和飘荡的炊烟相互追逐。

有一年，他十岁了。他开始试着向其他的村庄奔跑。他走过一个村庄，在那个村庄他看到了张庆家走失多年的黑狗。黑狗就坐在他经过的路口。黑狗像是知道他要从这里经过，像熟人一样拦住了他的去路。他停下来，狗向他扑来，像久别的朋友一样。狗“呜、呜”地叫着。那一天他和黑狗在村庄的田野逛了一天。第二天，他就又开始朝着另一个村庄走去。他离自己的村庄越来越远了，但还是浑然不觉地走下去。没有目标，似乎是在找一个自己走失多年的伙伴。而那个伙伴就在一个村庄等他。有点像是去赴约，但他不知道那个人是谁。

有一天在一个村庄，他遇到这个村庄的村长。村长问：“你是哪个村庄的人？来这里干什么？要到哪里去？”这是他离家后与他说话的第一个人。但他并没有作声，他不想说，他也不知道自己要到哪儿去。他不回答，村长就拦住了他的去路。他想：不说反正也到不了其他的村庄，那还不如不去吧！他说了，村长领着他，把他领回到了原来的村庄。他并不感激村长所做的一切。他又回到了原来的村庄。

但是，在他的心中原来的村庄早就已经不存在了。他心中只有那个他遇见村长的村庄，那里才是他想要去的村庄。他还要从那个村庄出发，他只说得出那个村庄的模样。那才是梦想开始的村庄。

有一天夜里，他终于忍不住了。他向黑夜的村庄道别，向村里的黑狗们告别。这次他飞快地穿过村里的房子，穿过熟睡了的村里人的梦乡；蹚过了村东头的河，然后从河边的山坳里向别的村庄逃去。他想，这一辈子大概再也不会见到这个村庄了。他甚至为此暗暗有些兴奋，是一种莫名的兴奋。

村庄被鸡鸣叫醒。村里人第二天都没有看到他。村里人都说，他又跑了。大家似乎已经习惯于他的逃跑，就好比是一匹马，或者是一只狗，他们相信他总有一天会从别的村庄自己回来。而这一次，他却让村里人都失望了。一年过去，两年过去了，他还没有回来。渐渐地，村里人都开始忍不住要把他忘掉了，或者是干脆就把他当作别的村庄的人；或者是已经远嫁多年的姑娘。

他穿过了一个又一个的村庄。每一村庄迎接他的都是一只狗或者是一只健壮的牛。他总是领着它们在村庄里闲转，逛够了就再到别的村庄去。累了，他就躺在草地上休息一会儿。

隔着时空，村里人看不到他就在另一个村庄和黑狗玩耍，就像十年前一样。他甚至在一些村庄还看到和他幼年时玩耍过的狗。在悠闲的时光里，他仍然在一个又一个的村庄里穿梭。而村里人记住的只是十年前那个走失的喜欢和黑狗玩耍的孩子。

– 小美 –

一

美丽的东西，人们总是想让它常在。然而却总是事与愿违，有时它们稍纵即逝，让你无法把握。

花儿很美丽，但总是有凋谢的时候。有些花就是在你一不小心的时候就早早地谢了。小美就是这样的。

念中学的时候，小美就坐在教室的后排。刚开学的时候，班里的同学都是从各村来的。小美乌黑的秀发，扑闪扑闪的大眼睛，还有相对漂亮而整洁的着装让全班的同学都有一种耳目一新的感觉。小美成了全班的焦点，成了班里最漂亮的“公主”。小美慢慢地也走进了班里几个年龄稍大一些的男生的梦里。小美有一副好嗓子，课余的时候总是不停地唱歌。除了唱歌，她也喜欢跳舞。一个女孩子在这个年龄里最能惹人注目的长处，几乎都被她占全了。

正是小美有了这些优美的印象，在中学时光，她成了刚刚才进入青春期的男生在宿舍里谈论的永恒话题。三年过去了，小美娇美的面容和甜甜的笑容永远地定格在了大家的记忆之中。

中学毕业后，爱好文艺的小美去了小镇上一家文化站里工作。年轻的心里做着同样年轻而稚嫩的梦。小美以为自己终于找到了一份自己喜欢的工作。她曾经对自己在异地求学的好友说自己找到了自己的所爱。那份生命中最初的狂喜在她的幼小内心里演变成了一种生命中最初的激情。她以为自己今后就可以无忧无虑地唱歌、跳舞了。

其实，这对小美来说只是一个开始。校园外的世界是个远远超过小美想象的“大世界”。它的复杂性超出了她所能预料到的一切。她的天真和纯洁成了这个复杂世界引诱她的最好借口。少女在不经意间就走向她无法预测的前路。生命利用了少女对人生过于乐观的预测，最后她在对生命最美的畅想中迷失了自己。小美就在这种最最美好的畅想中走进了生命中的暗角。

二

为了生活，也为了隐藏在内心的梦想。小美用最大的幻想和耐心等待着生命终有一天的灿烂。就是为了那份灿烂，她为此付出了自己一生都无法挽回的代价。

那一年，小美在小镇上遇上了一位从外地来的商人。男人的魅力在这位已经进入了不惑之年的商人的身上得到了近乎完美的体现。正值花季的小美被她从来都没有看到的优雅迷住了。小美听他讲外面无比美丽也无比精彩的世界。这些再一次撩拨了小美的心。小美完全被这个满肚子都装着故事、风景和梦想的男人征服了。然而，男人讲完故事、满足自己的欲望后，在一个秋日的清晨，男人犹如一个梦一样消失了。梦想离小美更加远了，留给小美的只有黑夜。

小美几乎一夜之间失去了自己所有的希望和理想。那年，她只有十七岁。

那个男人从此不知去向，但是小美的生活仍旧在继续。小美像是一朵孤独而无助的花，开在她这一生中最为绚丽的年代里。

日子总会教人成熟。绝望中的小美在流言蜚语中慢慢长大和成熟，就像花儿经过风雨过后学会绽放。既然小镇里没有自己的位置，那就走吧！带着心灵残留的梦，小美几经辗转去了南方。面对更为陌生的城市，一次次的求职失败，一回回的伤心失望，她终于进了当地的一个小厂。后来又去了一家美容院。

与此同时，在她的家乡方圆百里，流言蜚语，此起彼伏。她注定要生活在流言里。她似乎离故乡越来越远了。故乡人总是以一种异样的目光注视着她。她没有办法躲闪，也没有办法逃避。

小美在流言中远离了故乡，也远离了亲人。

小美的美丽被故乡的人们的目光搁浅。搁浅在遥远的他乡，搁浅在冷漠的记忆里。

三

真正再次把大家的目光聚在小美身上的是在十年以后的2002年

的冬天。

这年冬天，这个在家乡人眼里总是不安分的女子，让家乡人异样的目光再次异样了一次。不过这次大概是最后一次了。

这年冬天，从小美故乡去往广州的列车上传回了她的噩耗。那年她才二十八岁。小美所在的村庄再次谣言四起。小美再次给这个村庄及周围的人赋予了更多的想象空间和可能。小美的谣言似乎无法在她所认识的人头脑中消失，与她生死相依。

听到小美不在的消息，几乎所有她的同学都有些不敢相信，也不愿相信。她很年轻，她很美丽，她给同学们少年时期带来了那么多有关美的印象和想象，她还是一个刚刚新婚不久的新娘，她才刚刚找到属于自己的幸福。相反，她在正当青春年少的时候受到本不是这个年龄所能承受的打击，又在不堪重负的处境里历经着一次又一次的流言蜚语，她这辈子几乎都活在别人的来势凶猛的谣言里。那些青春岁月过去了，青春的容颜在流言蜚语里裂变成了一种无言的伤痛。一次次地灼伤，灼伤的是一颗柔软而脆弱的心。

小美成了同学中最早离开这个世界的人。她没有过上幸福的生活，一辈子都在流言蜚语中度过。是她创造了谣言，还是谣言毁灭了她？最终似乎成了小美无法面对现实。小美去了，带着她纠缠一生的流言蜚语和美丽面孔去了。

2002 年的冬天，小美的凄美故事连同关于她的谣言在故乡传唱不息。小美就像她活着的时候一样没有办法去抗拒。除了亲人和朋友，还有谁能记起这个几乎一辈子都与谣言有关的美丽女孩呢？

2002 年冬天，小美其实已经只是熟悉她的人们心中的一个符号，人们也许会忘记小美，却会把关于她的这些谣言铭记。

小美远去了，就像一个美丽的梦一样。她意外地远去了。熟知她的人还像她活着一样用异样的目光打量着她美丽的容貌，和她在他们眼里充满传奇的故事。她在谣言中远去，带着生命中曾经让她心动的梦想和曾经憧憬过的美丽爱情。

她从少女时代就开始远离故乡和亲人，甚至没有朋友，没有依靠和帮助，没有理解和寄托。她好比是从故乡那个小山村里飞远的孤雁。和鸟一样，年少的她曾经飞得太累了，她曾经想在故乡自家的屋顶歇歇脚。但她像麻雀一样被赶走了。

如果是鸟，她的歌声曾经是那样的动听；

如果是鸟，她曾经是一只多么好看的鸟；

如果是鸟，她动人外表是多么的难忘；

如果是鸟，她曾经想用翅膀扇动出最优美的弧线；

如果是鸟，在故乡的小树林里该有属于她的大树吧！

如果是鸟，她应该飞回自家的屋檐吧！

小美，你的灵魂飞回来了吗?

- 奔跑在黑夜里的爱 -

他骑着二八式的自行车，飞快地穿行在乡村公路上。越来越快的车速，让他满头大汗。其实现在真正正在奔跑的是他的心。月光被大山挡住了去路，自然照耀不到在山间穿行的他。长长的公路上，只有他的喘息声。

黑夜里，他的车辘轳“呼呼”作响。和他一样似乎忘记了这是在夜里。路边有里程碑，但是看不见。他心里知道离他想要去的那道山梁还有多远。每次的奔跑，他都用心丈量着这段他走过无数次的山路。

一年前，他喜欢上了比他小很多的女孩小艾。淳朴的小艾被他这突如其来的想法弄得不知所措。小艾住在离公路很远的大山里，他住在镇上，去小艾家里要走很远的路。走完公路，还要走很远的山路。他白天要上班，所以想见小艾时就只有选择在黑夜里去那个遥远的小山村。

为了能见到小艾，他经常在黑夜里骑很长时间的自行车去小艾家。小艾是个倔强而善良的女孩。起先，他来了，小艾只是客气地接待他。但是时间长了，小艾有点不习惯他的来访。由开始慢慢回避到最后的逃避。他感觉到小艾的这种变化，这种变化也让他痛苦不堪。最终让他变成了一个地道的“夜游者”。

他做过很多职业，也进过工厂，辗转了很多地方，最终回到小镇做了一名小职员。用他的话讲，他并不喜欢这个职业。他的梦想是当一名老板。他满腹的牢骚无处发泄，就只好借酒浇愁了。在遇到小艾后，他更是如此。

小艾开始躲闪他后，他越发觉得世界对他来说是个黑洞。他想象的明天总是消逝在黑夜来临之前。常常是黑夜来临时，他开始喝酒，酒过三巡，他就把那辆二八式的自行车从门后推出来。趁着夜色朝着小艾住的村庄骑去。

小艾的家离小镇足足有五十里。山村公路弯多坡陡。借着酒劲，他冲过了一个又一个陡坡。他想更早一点看到小艾。不巧半道上，自行车的链条断了。趁着月色，他心急如焚地修好链条，但是时间已经过去了半个小时。一看表，已快十点了。这时候，小艾该休息了吧！他拼命地蹬着自行车，匆匆忙忙地赶到小艾家已是十一点了。他把自行车放在路边，自己朝着小艾家的那个山梁走去。小艾的家里黑灯瞎火的。

他试着去敲小艾的窗户。轻轻地敲了几下，没有反应。他把身子凑得更近了，听到小艾均匀的呼吸声。他还想去多敲几下窗户，但他的酒劲刚过，他用理智压制住了他的冲动。

小艾家对面一家的狗在朝着他狂叫，好像随时都会向着他扑来。他从衣兜里掏出了烟，把烟点着，朝着山梁走去。山梁就在小艾家的对面。他选了一个可以直接看到小艾窗户的位置坐了下来。借着月光，他可以清晰地看到小艾的小窗。在他眼里小窗的小巧就像是小艾的脸孔。他一根接着一根地抽着烟。月亮慢慢下山了，他的身边是一地的烟头。他久久地凝望着小艾的窗户。

突然他发现了小艾窗户下堆放整齐的木柴。他的眼前一亮，起身跑到小艾窗前，抱了两大抱木柴到他抽烟的地方。然后，他又将木柴棍排列开来。最终在山梁上排成了几个大字。

排完这几个字后，他长舒了一口气。然后又坐下来，将衣兜里剩下的仅有的几根烟抽完。他还像开始一样凝望着小艾的窗户。

月色渐暗，村庄里的狗叫也越来越稀少了。只有几只早起的鸡不时传来几声鸡鸣。初秋的夜有点凉。他坐起身来，朝着小艾的窗户看了几眼。这才依依不舍地离开小艾的家。

他骑上自行车上路了。开快亮时，他赶回了小镇。

清晨，上山种地的邻居路过小艾家对面的山梁。看见一排用柴码成的字。他不识字，就喊来了小艾看。小艾连头发都没有梳理就跑过来了。一看，小艾满脸通红。原来那五个大字是“小艾我爱你”。

他还是一如既往地朝着小艾家里跑。小艾就像捉迷藏一样躲着他。除了上班，每一个心潮澎湃的夜晚，他依然骑着那辆破旧的自行车，在黑夜里向着那个山梁奔去。小艾总是想方设法地躲着他。

就这样半年过去了，他并没能见上小艾几面。但他丝毫没有改变自己的想法。黑夜，是他向爱奔跑的路程。他穿过了一个又一个的黑夜，穿过一次又一次的望眼欲穿。可是小艾还是一次又一次地躲着他，并不因为他的举动而改变。他越来越喜欢喝酒和抽烟了，身体急剧地瘦弱下去，显得越发瘦小了。

一次，他又去找小艾，却意外得知小艾已经远走他乡打工。他陡然神伤，骑着他那辆破旧的自行车，趁着黑夜一路狂奔而去。

几年以后，小艾从南方打工回来。她已经长成了一个成熟的女人。坐在回家的大巴车上，她透过车窗看到，他和一个比他高大很多的女人并肩行走在小镇街道上。那个高大的女人就是他的妻子。

第四辑

乡愁拂过的村庄

不要问我从哪里来
我的故乡在远方
为什么流浪
为什么流浪远方
为了梦中的橄榄树

——三毛《橄榄树》

— 乡愁拂过的村庄 —

我的老家地处南水北调中线工程核心水源区，是鄂西北乡村，那里群山环绕，山清水秀，山上竹木密布，山下河流环绕，有清新的空气，原始的村庄和善良的乡亲。我在故乡长大，在那里度过了童年和少年，熟悉那里的山水人事、一草一木，每一片土地，以及每天升起的朝阳和炊烟。

儿时的河里是满满的清水，里面满是鱼、鳖、蟹，夏天大人和孩子都在河里戏水游泳玩耍，用河水洗去一天的疲乏，尽情享受着河水的清凉和惬意。然后领着孩子朝着炊烟四起的村庄走去。到了夜晚，稻田里的青蛙叫个不停，伴着蛙声村庄走进满天星光的月夜。村庄在月夜的笼罩下动人而美丽，村里的人都在各自家门口的树下纳凉。

村庄里盛满了孩子们的快乐。小孩子在村头偷摘了柿子，不敢拿回家，悄悄藏在稻田里腌。少女们之间有了心事，憋在心里说不出来，于是约上最要好的伙伴漫步在田间，彼此敞开心扉，互诉衷肠，很自然地避开了父母的耳朵和人群。男人们总会在黄昏时来到田间查看自家稻田里的水是不是充足。女人们却在家里生火做饭，炊烟漫过稻田，是在提醒大家要回家吃饭了。

村庄的四季分明，色彩斑斓，各种庄稼的花不停地改变着村庄的油色彩。山上的各种植物开出各种各样的花，村庄仿佛是一幅多变的油彩画。到了秋季，山上满山的红叶映衬着整个村庄。谷穗压弯了稻浪，一片金黄绽放在村中央，全村人看在眼里，喜在心头。村里人过着宁静而祥和的生活。全村人几乎都是一个姓氏，是个大家族，家族中长幼彼此尊敬，相互谦让，邻里和睦。

这就是我心心念念的家乡。

和村里的庄稼人一样，我们每个人其实都有一片属于我们自己的庄稼地。只不过，庄稼人用的是农具，而文化人用的是手中的笔罢了！他们都怀着几近相似的心境和期待播种，然后收获着各自的收获。无论是作家的创作意识还是文化渊源上，他们都自觉和不自觉地有一个与文学或是创作上相对应的地理板块（这一板块具体的是行政意义上的，但是它的更大功效却是在于它的文化意义的）。从贾平凹的“商州”，或者是韩少功的“马桥”，我们都能不同程度地感受到这种板块的存在和文化意义。

村里曾经有一个王姓的人家，不经意间将自己最小的儿子丢掉了。这个孩子从小顽皮，但少言寡语，长得敦实，他很少跟村里其他同龄伙伴们玩耍，常常独自一个人在河边的草地上疯跑，在旷野里尽情嘶喊；有时却静静地坐在村里火纸厂的阁楼上，久久不语，眺望远方；还有些时候他带领他家里的狗在山坡上戏耍，狗仿佛是他的伙伴。这是一个让村里人觉得很奇特的孩子，他和村里其他孩子差距太远，其他孩子上学时，他在河边草地上疯跑；其他孩子在家里做作业时，他却与狗为伴奔走于山野。他似乎游离于孩子的世界之外，也与村里人没有交集。家里人心急如焚，四处求医，医生都说孩子一切正常。村头的老太太说这孩子是不是中邪了，替他收惊，却无济于事。渐渐地村里人见怪不怪地接纳了这个孩子，但他的行为却让他存在于村里人眼中以外的另一个世界。后来，这个孩子在一次与狗奔跑中，彻底消失在这个村庄，村里人像突然少了点什么。

这个孩子当年为何要出走，村里人不得而知，但他的心里一定有另一个隐秘的世界，那里隐藏着他内心无数个秘密，他无处诉说，他最终选择了远方。消失之后，家人一时心急，四处打听，终因无果而告终。一年又一年的春节，孩子的妈妈常常站在无人的村口张望，期盼那个疯跑回来的身影，但却一次次地失望而归。母亲等了许多年，直到两鬓斑白，孩子你去了哪里啊？这个孩子的内心有着村里人无法知晓的秘密，其实村庄也和这个孩子一样，内心一定有着无数个传奇般的秘密，这注定是一个有故事，也有秘密的村庄。

正是这样的家乡，这样的村庄促使着我对她有抒写的欲望和冲动。而且自我开始创作以来，特别是我的散文随笔创作从未离开过故乡的村庄。因为我在那里出生、长大，直到初中毕业之后到外地求学。村庄的山水人事一直停留在我的脑海里，挥之不去。甚至是十几年后的今天，我仍然将眼前的村庄与从前的村庄进行比较，并感叹她的变化。每年夏天，我们兄妹都会赶回老家。去河边走走，到田间散步，陪父母吃饭、聊天。远在北京工作的哥哥每次都感叹道："河道怎么变窄了？河水也没有从前大了？山上竹子和树木哪儿去了？"这只是自然界的变化，这些变化是我们及父辈们所无法接受的。那个山清水秀、庄稼遍地、五彩缤纷的村庄哪儿去了？

正是这些疑惑，让我想从内心真正回到村庄，回到属于自己的村庄。这实质上是内心的一种找寻。这个村庄已经发生了太多的变化，中国在发展，改革开放已经让村庄以空前的速度改变着，在这种速度中没有考虑到内心和情感的因素，但当村庄改变了模样之后，村庄的生活图景大大不同了，这些改变渗透到村民们的行为举止、语言表达、生活习惯、内心诉求、思想观念里，并且以不可阻挡的力量行进在这个村庄里。

于是，我想到用自己的眼睛和视角来重新打量、审视、记录这个村庄，记录这个村庄的过去、现在，以及可能的走向。作为一个已经离开村庄，但又非常眷恋家乡的人，我想通过对家乡过去的追忆和描绘，记录村庄当下真实的生活图景和状态，并思考这个村庄的将来走向，算是自己对生我养我的村庄和土地的一种回馈。用心去体会村庄的真实图景，去倾听村庄发生的故事，去感悟个体生命在村庄变化过程中的命运，以及触摸村庄变革中的每个表情。

这个村庄的山水树木、环境、行为方式、人情世故等都发生了深刻的变化，与过去相比，不可否认的是民风似乎不如从前了，土地开始荒芜了，外出打工的比例不断攀升，村庄里的"留守族"开始产生，带来日益严重的农村"三留守"（留守老人、留守妇女、留守儿童）问题，由此造成的教育、社会、就医、心理等问题，成为村里人面临的重大课题和挑战。他们一方面感觉到了物质条件的丰富，另一方面又承受着因为现实困扰所引发的系列问题（比如劳动力缺乏、家庭聚少离多、老无所依、心理健康、夫妻情感等）。

同时，我也了解到曾经民风淳朴的村庄开始有了离婚的先例，甚至是私奔了。这对于从前的村庄是不可思议的，留守下来的妇女开始不再种庄稼，不再去地里干活，不再依靠土地生活，她们把大量时间用来闲聊、打牌以及享乐。80% 的留守妇女开始迷恋于麻将，一些中年妇女将孩子送到学校后就直奔麻将室，一打就是一天，下午再到学校接孩子回家。孩子的家庭教育几乎空白。在这个过程中开始出现了不少问题，比如为打麻将而引发的私人恩怨、产生了一些不必要的家庭问题，以及婚外恋……长期留守让妇女们不堪生活和生理上的双重压力，久而久之就出现了一些社会问题。

就在我写作和编辑本书的时候，2016 年的春天我认识了一个在东北打工的 Y 村的余幺娃。余幺娃儿时家里很穷，没读过几天书，一直未娶到媳妇，一直在外打工，到了三十多岁才花了大价钱娶了现在的妻子。妻子比他小了十多岁，就是年龄上的差距为他们日后的生活埋下了不安的种子。结婚生了小孩子后，余幺娃依然天南地北地打工。煤窑、铅锌矿、工厂等他都干过。为了确保家庭生活稳固，他最终选择了危险系数较高但工资收入相对丰厚的工种：炮工（给隧道和各种矿区开挖作业道）。这种工种不仅危险，还容易得肺结核病等职业病。我问余幺娃："怎么非要选择这么危险的工作呢？"余幺娃回答："这个工作工资高，能满足我们全家的所有花销。"据我了解，余幺娃家里只有一个小孩上学，眼前的负担并没有他说的那么重，也没有非要选择这种危险工种的必要。在我的追问下，余幺娃的同伴说出他的苦衷：幺娃三十多岁才结婚，很不容易，媳妇比他小十多岁，这些年，幺娃一直在外打工，媳妇独自一人在家生活。近些年来，村里的风气没有以前好，她跟着村里其他留守妇女一起养成了不少不良习性，最要命的是学会了打麻将，集镇上有麻将馆，她除了接送孩子外，其他时间都是在麻将馆里度过的。他媳妇打麻将输多赢少。幺娃这些年打工的钱 60%~70% 都被他媳妇输在了麻将馆里。

我问："你为什么不管管自己的媳妇呢？不让她去打了。"

幺娃低着头说："劝了很多次，就是不听。"

我说："你不给她钱不就可以了吗？"

幺娃很无奈地说："你可能不太了解现在的农村，开麻将馆的人都是'一条'龙服务，不仅管吃，如果需要资金，还可以借贷，当然利息是很高的。我如果不给她钱，她就会借贷，那样的话最终我付出的成本更高。"

我问幺娃："有没有彻底解决的办法呢？她难道不想好好过日子？"

幺娃苦笑着说："能有什么办法啊？不怕你笑话，我说过很多遍，她不听，逼急了她就提出离婚，以此来威胁我。她比我小十多岁，我总得维护一个家庭的门户吧，还得为孩子着想，如果她真跑了，孩子没妈更可怜，家也散了。我能怎么办啊！"

我接着问幺娃："你这么辛苦挣钱，觉得值吗？"

幺娃的回答出乎我意料，他说："男人就是要养女人啊！让女人享受是应该的。”

幺娃的善良、无奈和隐忍让人心里五味杂陈。他的选择是出于对维护家庭的本能反应，也是“中国式”农民的淳朴，同时也折射出了当下中国农村婚姻现状潜在的问题。幺娃是千百万个打工者的一个缩影。他们面临的问题各异，但最终的出路是几近相同的。他们在村里有土地，但他们却不能依靠土地生存了。种地在农村早已被边缘化了。在农村，身强力壮的年轻人都不再关心和谈论庄稼、土地和收成。

2016 年春节期间，我采访了多年在外打工的村民李柏，他在外打工十几年了，一直在建筑工地上干活，曾经参建过北京奥运会场馆等重要建筑，走南闯北，见过大世面，也的确挣到了不少钱。但他说：“我每年至少能挣到 8 万 ~10 万元，在从前真的是不敢想象。我结婚后刚分家时，父母给我分了一间半土房，两斗稻谷，三斗麦子和苞谷。为了能成家立业，养活家人，我和媳妇两个人从早到晚，从东山爬到西山，生怕无法维持自己的生活，怕家里人饿着。那时生活很苦，活也很重，但内心却很踏实，也有盼头。现在刚好相反，虽然挣到了钱，每年的存款也在增加，但心里却不踏实，我的儿子已经二十岁了，前两年职高毕业后就出去打工，无人监管，迷恋网络，后来我亲自去外地把他找回来，又把他带在身边，现在在当学徒工。一点都不让我放心，哪儿像我年轻时，麦子种晚了，还怕村里人笑话。现在村里的年轻人几乎都出去打工了，农活不会干，有些当年我们抢着种的田地现在没人种了，有些年轻人一跑多年不回来看望父母，也从不给家里打电话。我们小时候在河里游泳，河里有成群成群的鱼在游；山上竹子密密麻麻；小时候大人不敢让孩子在外面待到太晚，因为怕狼下山；每家的小孩都下地里干活或者在河边放牛；小时候我们还能到乡文化站下棋读报，到乡政府露天电影院看电影，现在唯一的娱乐是打麻将、看电视。我春节回来时，还听说村里有一个老人去世了，竟然在村里找不到抬棺材上山的壮劳力，最后只好去邻村找。村里的这些变化确实太大，也让人有些接受不了……"

村庄正在发生着巨大的转变，像李柏这样有着多年打工经历的打工者也在重新打量着这个村庄，开始回忆从前的村庄……

丰收老家　赵锋摄　\　2012 年 . 赵庄

– 村庄物语 –

一

和稻田一样，给我的童年带来无限乐趣的还有那条魂牵梦萦的小河。世人总说有水的地方，就有灵气。故乡有山有水，并且山清水秀，也该是有灵气了吧！只是我等凡夫俗子身上没有沾到这种“灵气”！但这些山水却实实在在地给我带来了无比灵秀和生动的童年。

儿时，睡不着觉的我们，常常趁着父母午休之时，和伙伴们一同偷偷跑到河里洗澡。一群孩子光着屁股，像鱼一样游弋在河里，其间的清凉和惬意自不必说。最初我们小一点的孩子并不会游泳，看着大一点孩子在水中轻松自如，羡慕极了！心里那个急啊！巴不得今天中午就能游。可游泳哪儿那么容易啊！就只好忍着内心的期望，努力地从“狗刨式”开始在岸边浅水里反复练习，巴望着在下一个中午自己能像鱼一样游弋。到了第二天，照例光着屁股，急不可待地跳到水中，趁着兴奋劲儿，大着胆子向深水区游去。可是脚尖刚离开水底，“咕咚、咕咚”两口水呛入口中，吓得赶紧退回来。这也是大人们最操心我们去河里洗澡的原因。

可是孩子们的自控力哪儿能打败他们的好奇心啊！呛几口水，就呛吧！不受点苦，哪儿能“得道成仙”！于是接着再来。一个夏天过去了，我们大都能成为驾轻就熟的“高手”。游泳让我们体验到了“飞”一样的感觉，就像童年的梦一样。

其实关于河的记忆，一半都与鱼有关。除了游泳，小河吸引我们的还有游弋在里面的一群水之精灵——鱼。伙伴们想尽一切办法去捕鱼。捉、网、踩、捶……极尽所有的智慧，想办法就是要把鱼弄到手。顶着日头，提着家什，一副战天斗地的做派。机敏而精灵的小生灵，哪能让我们这帮小儿占上风呢？可是不知疲倦的我们，总会与之顽强地较量下去。最终，还是有一部分鱼一不小心就成了我们的“俘虏”。

每年的夏天，小河里都会发大水。洪水成就了小孩子的幻想，没有见过大江大海的孩童看着突如其来的滔滔河水，眼里充满了新奇和恐惧，怎么也无法与它平日里的温柔、平静相互重叠。被大水冲过的小河，干净而宁静。大水的威力挡住了孩子们的好奇。大水过后，河床如戏散人去的戏场。

如今，过去的一切都历历在目，仿佛就在昨天。在河边散步几乎成了我每次回老家的惯例。如今每一次的河边散步都是一次孤身徒步的记忆旅行，一次品尝童真的酣畅淋漓。童年的一切成就今日的美丽折射！

二

老家有一片肥沃而开阔的稻田。就是因为有这样一片稻田才让老家人在心理上占尽了优势。因为，他们不用四处奔波就可以吃上香喷喷的大米。不像其他村里人，因为没有稻田就得外出打工，没有福分享这份清福。要知道，在土地刚到户时，能有这样的好事有多不易。记得小的时候，就很喜欢到田间去捉青蛙，腌柿子，踩泥巴。四月的稻田里，正是哺育秧苗的季节。一个又一个盛满水的田，像一面又一面清亮的镜子相互倒影，相互映衬。稻田简直是亮丽无比的风景线，一方方稻田是村庄绿色的足迹。青蛙亮开嗓子，加足了马力叫个不停，无比响亮，也无比动听，声音在整个村子里回响。这才刚开始呢！它们准备鸣唱整个夏天，直到把谷粒吵醒！时刻提醒着村里人，不要忘记它们这群欢乐而吉祥的使者。

秋季，它又成了村里人收获喜悦的源泉。环田而居的村民，像呵护自己的宝贝一样，簇拥着它。那时候，它充满了母性，高贵，雍荣。丰收的幸福在村里人脸上相互流转，流转成喜悦，满足，甘甜。

就是这样的一片田，让我从小理解了村民的殷实。他们有意无意间流露出来的满足和幸福，让他们早早地喜悦着。随着“民工潮”的盛行，别的村子正在这个大潮里收获和致富时，村里人还沉浸在往日的喜悦里，是曾经的沉醉蒙蔽了他们的双眼。不过，聪明能干的老家人很快就投入到了这股大潮里，并很快有所收益。他们下广东，进京城，阵痛过后是收获。如今，村里在京城的建设者甚至参加过奥运会场馆、国家大剧院的建设。村民回来兴奋地说，他们的建设工地离天安门不远，说他们在慰问演出里看到了蒋大为、阎维文，一不经意也会冒出几个京味十足的词儿来。

田里的小路四通八达，又毫厘分明。各家田里已搭起了田埂。接下来就要整田耙地了。用不了几个月，他们又将从田里收获到想要的果实和喜悦。这个过程充满着辛劳，希望以及甘甜。稻田北边是前些年才垦出来的新田。这片田又将延续着村里人的梦想。

行走在这充满了泥土芳香的田间，想到童年里每个有着清新空气和甜美味道的早晨；想到是这片田养育了我，养育了村里的每个人；想到是它让这个村庄生活富裕而幸福。我们没有理由不善待它！

行走在这充满了稻香的田间，看到稻田不远处一座座小洋楼，看远处蓝天白云，它们之间的彼此相依相伴，构成庄稼人眼里最美的风景线。

三

似水流年中，又见油菜花开。那是每年故乡春天田地里必会上演的美丽影像。于我来说，它们好比是个梦境。不同的是，以前，看到它们的时候，我能走近它们，亲吻它们。而今却只好想着它们了！

故乡有一大片肥沃的稻田。每到春天，田地里便是一地黄灿灿的油菜花。它们仿佛天上虹、水上柳，装点着村庄，装点着春天，也装点着希望。记得从前上学时，总要穿过这片田地，走过油菜地，撞落一地的花粉，香气逼人的油菜花撩拨着你的每一根神经。路边的油菜花仿若画中的水粉，娇艳，安静。

春天里，想带你去看美丽的油菜花。给你说许多美丽的故事；给你唱许多好听的歌谣；给你看许多神奇的风景……这也许只是一个梦境。这个世界每天都会不停地上演着事与愿违的故事；演绎着“背水一战”的坚持；诉说着一段又一段美丽而又悠远的情愫。

春意阑珊满枝头，花香一地何人分?

一年又一年的花开过，一个又一个风景远走。季节的热情和真诚如何会，怎么会留下一朵花开的声音，一个绽放的瞬间?

几回回梦里走过熟悉的油菜地，醒来后却是浓浓的夜色，如香气般逼人。想让这夜幕把这浓如夜色般的相思传达。

四

每次回乡，首先想到母亲。母亲也许是我每次回老家的主因之一。从小到大，心中总有化不开的母亲情结。记得中学毕业后，就长年在外求学。每次离家，最为牵挂的就是母亲了！那些年月，我们兄妹几个都在念书，母亲竭尽全力地操持着整个家庭。为此，她吃了不少的苦头！甚至好几年都不曾添一件新衣。正是因为这些，每一个假期结束时，都是我们最难舍的时候，又要和母亲分别半年了。想着母亲的辛苦，想到母亲的挥汗如雨！心中既心疼，又无奈。其间的滋味极难形容。

每次回家，就想着找时间多陪母亲一会儿，站在厨房里陪她说话；蹲下来陪她择菜；多给她拿一次碗；多对她说一句“您早点休息！”多看着她和外甥女一起欢笑，如此等等。毕竟她为我们，为全家付出得太多，受过无数的苦。

每次说到家，潜意识里都认为是老家。我现在也有了自己的房子，应该也算有了自己的家。但每次做梦，谈起时，仍然觉得老家才是我的家。因为，在那栋楼房里住着我的母亲。因为那个地方有母亲，有亲人，所以才成为我的家，我的老家。每一次，母亲来城里和我小住，我都欣喜万分，因为，她让我这个空荡的房子变得更像一个家。和她一起逛街，和她一起吃饭，一起看电视，一起聊天，才觉得日子是踏实的，生活是美好的！也因了这些，让我更加珍视自己的生活，热爱自己的生活。

五

今天正式上班了，比往年要早得多。春节过得太快，一是没有休息好，二是想利用假期要修改的书稿没有完成。过得匆匆啊！今年春节，哥哥也从北京回来了，家里兄妹都回老家了，把老家二层楼挤得满满的。一年里，这是家里最热闹的时候。父母每天都为我们的食宿忙碌着，辛苦劳累，但却内心喜悦。

最忙的还是母亲，一天到晚基本都在厨房了。多年都是这样的，想去帮忙，但她并不肯，母亲是个厨艺较高的人，也很细心，并不会对做饭掉以轻心，就像她对待衣服和穿着一样。母亲一路走来并不容易，我曾在另一篇小文中写过她为了孩子们读书而付出的一切。

她所做的并不是每个母亲都能做到的。

很小的时候，我就在想如果母亲有一天真的老了该怎么办？我想我那时会很慌张，甚至狂乱。因为我不知道自己该如何去接受，认同这些。也许是儿时的这种担心一直在作怪。直到我上大学时，我的这种情绪更浓了！我依然故我地想同样的问题，尽管这时比儿时坦然多了，但内心的慌张并没有减少。我一直企图找到解决问题的办法，解决内心矛盾的办法。但一次次无功而返。我是没这个能力吗？还是岁月就是如此？一次次的追问之后，最终，我想这可能就是一种情感上的依赖吧！不想告别母亲的关怀，不敢直面生命某一个暗角。一次次企图翻越前面的高山，但山那边还是山。每至此时，便想起诗人王家新的那首《在山的那边》：

小时候，我常伏在窗口痴想——
山那边是什么呢？
妈妈给我说过：海
哦，山那边是海吗？
于是，怀着一种隐秘的想望
有一天我终于爬上了那个山顶
可是，我却几乎是哭着回来了——
在山的那边，依然是山
山那边的山啊，铁青着脸
给我的幻想打了一个零分！
妈妈，那个海呢？

在山的那边，是海！
是用信念凝成的海
今天啊，我竟没想到
一颗从小飘来的种子
却在我的心中扎下了深根
是的，我曾一次又一次地失望过
当我爬上那一座座诱惑着我的山顶
但我又一次次鼓起信心向前走去
因为我听到海依然在远方为我喧腾——
那雪白的海潮啊，夜夜奔来
一次次浸湿了我枯干的心灵……
在山的那边，是海吗？
是的！人们啊，请相信——
在不停地翻过无数座山后
在一次次地战胜失望之后
你终会攀上这样一座山顶
而在这座山的那边，就是海呀
是一个全新的世界
在一瞬间照亮你的眼睛……

王家新的诗也许帮我解答了内心的些许困惑……

六

在老家的书房里再读苏轼《记承天寺夜游》，文字简练，意境优美。记的是一个普通的大宋月夜里，词人一点看似闲情逸致的“闲事”。上中学时，读这篇文章也都把重点放在写景上，并且羡慕词人欣赏月光的眼光。殊不知，真正吸引我们眼光的却是深藏于这大宋月光背后词人彼时的心境和人生体验。

伟大的人，伟大的作品，总是能让你在一次次阅读过后，有一次次的阅读否定和升华。让你感觉读至此，意未尽。觉得里面还有内容，还有微微的甜。这就是经典，这就是大师。

毫无疑问，苏轼就是这样的大师。

苏轼狂放，豪迈，人生的潮起潮落，世态的冷暖变化，铸就了他的风骨。这些时日正在读苏东坡。前不久又在北京西单买到了林语堂先生写的《苏东坡传》。大师是豪放之人，焉知深藏于他内心的悲喜与寂寞。

真正的寂寞是一种大境界，它并不拘泥于它原始的词义。

真正的寂寞是一次真正意义的超越。

那些年经历的人事都已远去。是自我的反省，是遭遇困境时忙乱惆怅过后的镇定。

情到深处人孤独。

寂寞如斯!

多少次挥汗如雨；多少次默默忍受；多少次飞短流长的无奈；多少次“无计可施”的尴尬……经历的，留下的，都是寂寞难耐之后的自我消解；都是麻痹大意过后的重新认识。世间原本就有许多让你难以捉摸和把握的事情，何必自己与自己较劲。得到与失去都会在机关算尽之后还原于质量守恒。

人生其实是一个不断出错，不断总结，又不断出错的过程。尽管我们会拥有一些人生经验，会在接下来的人生路上防微杜渐。可怕的是，在相同的人生背景下，在相似的人生经验下，我们仍然会听到幼稚的声音，看到不健全的行为，那是有口难辩的尴尬，那是只有提问没有回答，只有诉说没有倾听的交流。

就仿佛你弹奏出了美丽的乐音，很清晰，对方近在咫尺，却无法听到。

这就是所谓的寂寞。

时间就是见证。爱恋产生了，却在一夜之间灰飞烟灭，不是那个人远行了，只是看不到一种真正的回应，没有真正的懂得。相反却有着简单的成熟和愚昧的自以为是。这是一个庞大的世界，想当然的愿望和企盼，无异于天方夜谭。

明了之后，彷徨过尽，就会被长如悠巷般的寂寞包围。

转身离去是一次内心的决绝；是一种美丽神态的撕裂。不再是来时的优雅，不再有来时的从容、恬淡。那些只是路边一处让你无法记起的风景，成为过往，成为没有造型的水纹。

寂寞的夜里，听阿桑的《寂寞在唱歌》。

很喜欢这首歌，还记得里面的歌词。

天黑了 孤独又慢慢割着

有人的心又开始疼了

爱很远了 很久没再见了

……

谁说的 人非要快乐不可

好像快乐由得人选择

找不到的那个人来不来呢

我会是谁的谁是我的

你听寂寞在唱歌 轻轻的狠狠的

歌声是这么残忍 让人忍不住泪流成河

你听寂寞在唱歌 温柔的疯狂的

悲伤越来越深刻 怎样才能够让它停呢

第一次听阿桑的歌，就被她沧桑的声音打动。她唱尽了现代人的无助和内心苍白，她用流行音乐演绎着颇具古典的忧郁气息。

这样的歌者，才是真正的歌者。

遥远的歌，遥远的人，遥远的事。

成为寂寞的影。

寂寞是寂寞的河流！

寂寞是寂寞在唱歌！

七

今日从老家归来，看到父母了，看到故乡的稻田了，看到那山那人那河了，我从它身上获取了可以支撑我心灵的养分。每次回老家都有绝然不同的感受和心灵体验。

还是熟悉的庭院和饭菜，它们已化作生命的某种特定体验贯穿在时间和记忆里。你没有理由丢失和忘记。忘记便是罪过。

母亲这些天感冒兼牙疼，牙疼起来很厉害，自己也很受罪。儿女们回去了，牙疼的她并不想早点去睡，一直要陪着。每每看到这些，我心里就会动一下。记得上大学时，每年假期归来，她总是忙着为我们做好吃的，全然不顾自己的劳累。她和父亲坚持供养我们兄妹四人读书，然后参加工作。忍受着别人无法想象的劳累和艰辛，甚至好几年都舍不得做一件新衣服。母亲是个在当地有些知名度的裁缝，上街买衣服时对衣服的做工是很讲究的，都是年轻时给别人做衣服练就出来的。如今已过六十岁的妈妈穿的衣服虽然不贵，但一定不会是粗制滥造的，一定是经过她细心挑选的。母亲这种习惯多好，我的工作和写作能做到这点吗?

记得有一年，过年前，母亲早早地起来为我们做早饭，我的房间就在厨房旁边，她进我的房间拿东西，厨房的灯把她的身影投在我的被子上，盖住了整个床铺。巨大的影子仿佛是心灵里巨大的折射。母亲在厨房里做着早饭，我却躺在床上再也无法入睡。上大学时，就这样依恋着母亲，她教会了我们从小就养成勤快的习惯，教会了我们要自力更生，教会了我们人要有尊严，教会了我们人生中诸多良善、诚实和感恩。

刚参加工作的那两年，遇事总是跟母亲商议，她能以最合适的方式和最理解的心态引导我。她有她的智慧和原则。妈妈，如果今晚在老家，我又该跟你长谈到深夜。

已经有很多天都没有写文章了。主要是没时间，但也有一个不可逃避的理由：懒惰。人有时候总是在给自己找理由，找一个自圆其说的谎言欺骗自己的人生。妈妈知道也许会不答应。

妈妈其实很支持我，每一次在慌不择路时，都有她的安慰和理解。她相信她的儿子，她在儿子没有自信的时候毫不犹豫地给予勇气和可以想象的空间容我藏身。记得第一次发表诗文时，母亲看到了。她显然很高兴，后来又写了一首《母亲星空》的诗歌，她看诗的眼神明显有了欣慰的成分，她的欣喜远远地超过了我。如今好多年不写诗了，但我依然记得这些细节。它们催我奋进，不管别人怎么看，我知道母亲一定在默默地支持和关注着我。更何况在我成长的路上，有那么多关心我，支持我，给我帮助的老师和朋友。

母亲没有给我讲过什么大道理，但她用自己的言行教会了我许多，教我学着去做人，教我学着去生活。

八

除夕之夜，夜空平添了亮色。村庄被瞬间照亮，多美的夜色，多美的村庄。村庄让人留恋，为这山，这水，这人。午夜，几人睡了？

村庄有凌晨放鞭炮接灶王爷的习俗，几乎是一瞬间，鞭炮齐鸣，村庄沸腾了！与往年不同，近年来随着人们的生活水平和收入的提高，村里越来越多的人开始燃放烟花。因此，午夜的村庄成了烟花的海洋，此起彼伏的烟花照亮了整个村庄。多么绚烂的烟花啊！

每到此时，我就会站在楼顶或者屋后的花园里静静地欣赏着这些美丽的烟花。这烟花仿佛人生路上的美丽风景，不能错过。多少个忙碌的日子，多少个蹉跎岁月，多少个激情或者隐忍的内心在烟花绽开的那一刻转瞬即逝，它们开始成为回忆，成为你记忆中的过客，成为你人生中一抹或明或暗的色彩。

先前站在老家的后花园里能看到整个村庄，如今却被高高低低的楼房挡住了视线。村庄在改变，人的内心也在改变。越过路边的楼房就是属于村庄的一大片稻田。儿时常常在稻田里腌柿子，在稻田里找田螺，或者是蹲在大爷的犁耙上体验着田间的快乐。那些快乐，那些没完没了的梦想，那些不需要成本却几何级增长的愉悦哪儿去了？

烟花还继续在夜空中绽放，并不在意你有意无意，暂时或者长久的个中感受。因此，想到对面山崖上历经风雨依然挺立的古树；想到村庄旁边夜以继日，蜿蜒流淌的河水；想到环抱村庄的群山，想到它们的威严和厚重……

想想它们，再想想自己，相形见绌中才慢慢领悟着一棵树、一泓水、一群山给予你的无言启示！

感谢它们！

九

转眼又到了岁末，这一年即将悄然逝去，仿佛消逝在村庄里的雪，谁能料到时光会在不经意间漫过我们每一个欣赏日出日落的新奇眼神；漫过我们历经坎坷的庸常生活；漫过我们朝着理想梦想迈进的脚印。

美丽总让人忧愁，我们对时光的眷恋正是源于对美的追寻与留恋，而忧愁正是源自对美的挽留。它们是孪生姊妹，彼此相依和守望。

一年又过去了，父母老去一岁，孩子的身高却不可阻挡地蹿到了自己的胸口，他们是我生命时空的两端，我必须在这段距离间来回奔跑，给他们温暖，不让任何一端感到冷落和怠慢，要让他们幸福。同时也让这温暖反馈给我信心、温暖、力量以及希望，让我有意义和有价值地走下去。

时光流转，不变的是要坚持自己的做人底线、沉静恬淡的生命态度、善良有原则的定力，不忘记生命中给予过你帮助、鼓励，甚至是冷讽和嘲笑的人，他们是人性和现实的正反面。一个人总不能光看到事物的正面，而忘了正面背后的反面其实也藏着我们一时难以接纳但却对我们生命有益的东西。它也许就是教我们成熟的镜子和课本。不管何时，学会回望生命和土地，学会用阳光普照困难和挫折，学会感恩，学会坦然面对一切，不卑不亢地生活。

岁月的风依然会拂过我们的村庄，拂过我们的生命，拂过我们的心房。我们依然在路上，不管时空如何流转，请记得岁月的声音：我始终没有离开，我就在这里，我知道冬天过去之后，总有一个温暖的春天。

十

“父亲节”到了，正当我整理书稿，里面就有写父亲的文章《父亲的庄稼》，文章相继在《中国作家网》《张家口日报》《浏阳日报》等刊发过。老实说我是不怎么敢去写父亲的，怕写不好。究其原因还是对父亲了解和沟通不够。尤其是自己当了父亲以后，慢慢意识到对父亲理解的缺失。前不久回老家看父亲，明显感觉到他对我们儿女潜意识里的依赖和呼唤，但他嘴上并不说。父亲退休后执意要住在老家，时间久了，我才明白，那里有他的院落、他的过往、他的山水和他的精神基因……自然就不愿意离开那里。每次回老家我都能感受他对老家的依恋。这些年他坚守并建设老家的院落，种花种草种春风，悠然自得，乐此不疲。老了，人生总得要自然、自在、自得地书写一次。因此我常常告诫自己，在父母面前尽量少一些抱怨多一些顺从；少一些指责多一些理解；少一些应酬多一些陪伴。看到儿子一天天长高，父母却慢慢变老，内心既欣喜又踌躇，一老一小，他们都需要我的陪伴。《论语·里仁》里说：“父母在，不远游，游必有方。”古人比我们得好！最近翻看《曾国藩家书》（四卷本），看到曾国藩写给父母、祖父和兄弟、夫人等的一封封家书情真意切、事无巨细，一片赤子之心。作为“晚清四大名臣”的他在繁忙的公务之余还能写这么多家书实属不易，他是中国近代史，乃至整个中国古代史上的传奇人物，他的影响不言而喻。但读他的家书却被他对父母深深的爱和敬畏而折服。他在家书里不仅安排家中诸事，还汇报读书学习情况；不仅关心父母生活，还要求回信详细写明家里和乡邻婚嫁琐事；更谈经国之大业。殷殷之情深藏其中，掩卷思之，相形见绌，我们的包容和敬畏在哪里？有一首歌名字叫《当你老了》，歌词写得棒极了。“当你老了，头发白了，睡意昏沉；当你老了，走不动了，炉火旁打盹，回忆青春；……只有一个人还爱你虔诚的灵魂，爱你苍老的脸上的皱纹……当我老了，我真希望，这首歌是唱给你的”，每当听到这首歌，内心波澜起伏，眼角湿润，提醒自己要珍惜这世间最珍贵、最纯净的爱。“父亲节”里，我想说：您若安好，那便是晴天！

十一

有一种爱是故乡冬日里的温暖；有一种温暖是深藏于故乡的爱！也不知道这冬日的风吹过内心多少次，但在故乡在内心它都是触手可及的温暖，都是挥之不去的暖阳！那些曾经的过往，那些熟悉的气息，那些终将逝去的青春……一定还有你眷恋眷顾的梦想，也一定还有你无以名状的无奈，更有你朝着生命高点进发的热情，有这就足够了！有在人潮中朝前走的勇气，有怀揣梦想拼搏下去的定力就够了！独对人生夜半的一轮明月，懂得去隐忍、宽容、宁静，懂得慢慢走下去的味道，懂得用爱用智慧用相对的态度去面对生命里的考验才是成熟的态度。在故乡，儿时的大叔渐渐老去，目光里多了慈祥和温润。在他的人生的账单里，没有太多精彩和掌声，没有值得炫耀的经历。这不要紧！不怪自己的命运多坎坷，不怪自己的人生风雨多，“顺其自然、随遇而安，如行云般自在，像流水般洒脱，才是人生应有的态度”，大叔懂得珍惜。懂得生命中的那份平和；懂得人生其实就是风和雨的相逢，是冬与春的交替；懂得夏夜仰望星空，冬日拥抱火炉，真的懂得了这些，这世间有几人比大叔更幸福和快乐！

故乡的云　赵锋摄 / 2015年·赵庄

－ 乡愁归来的村庄 －

一

村里曾经有一个大叔，在最年富力强的时候遭遇到了生命最致命的打击，他结婚没到两年的妻子在没有任何征兆的情况下，抛下他和刚满一岁的孩子跟随外地一个小商贩私奔了。这在当时村里引起了轩然大波，村里此前根本没有发生过这种事，这件事不仅给大叔，也给了村里人重重一击。大叔在这个春天里遭遇到了他自己生命中最灰暗的春天。

在得知妻子出走的当晚，大叔独自站在自家老屋的门口，沉默不语，望着远方的群山。这个大山里的男人像被抽空了一样无力。他无法想象妻子在仓皇出走的那一刻是否想过孩子和自己，以及这个属于他们自己的家。走出这茫茫的大山，她会走向哪里呢？

大叔自此艰难而沉默地生活在村庄里，生活在犹如流弹一般的流言蜚语中。他在最强壮的年华里承受着巨大的压力，它似乎比贫困的家境来得更致命。村里人都觉得人可以穷一点，但要活得有尊严。那个负心的女人注定要以村里人意想不到的方式让大叔在村里抬不起头来。

许多年过去了，大叔没有再婚，带孩子跟着老母亲相依为命。大叔为人正派、勤劳厚道，他在人前依然是那个乐观的大叔。只有在没有人的夜晚，他才独自抽烟，望着远方。

老母亲明白儿子的心思，儿子想要回来的不是媳妇，是尊严。年近七十的老母亲帮着儿子喂猪，做饭，带孩子，洗衣服，村里人说老太太这么大岁数了，别干那么多活。她村里人说："你们都有儿媳妇，我的儿子谁照顾？" 大叔终身未再娶，是那个逃走的女人灼伤了他的内心。

这两年，每次回到老家总能遇到大叔。他的头发有些花白，但精神很好，他的老母亲已经在三年前去逝，那座旧式的老房子里只剩下他一个人了。每次见到他，他都热情地伸出沾有泥土的双手跟我握手，总是用清澈而慈祥的眼神看我，总是温暖而质朴地问候，他并不问关于工作、收入等，在他的眼里，他只觉得我是一个在村里长大的孩子，一个他的后辈，一个回到老家的后生。

在他的眼里村庄依旧、大山依旧、人面依旧……

眷恋熬不过岁月，大叔的老母亲坚持到了她九十大寿之后，最终熬不过去了。她在安详中病逝。生病中，大叔精心伺候，就像这么多年以来母亲伺候他一样。倒是老母亲依然放不下他，有亲朋好友来看望她时，她总是叹气：你们的儿子都还有人照顾，我可不敢走早了，走了儿子没人管了！然而就在那年春暖花开的时候，老母亲走了。村里人说老母亲走时紧紧地握住大叔的手，扣住不放，村里人说是她放心不下这个儿子。老母亲走前还在给儿子打草鞋，说给儿子上山干活时穿。门前的青石板上还整整齐齐地摆着她给儿子编制的草鞋，今后的时光里，谁给大叔打草鞋呢？

老母亲走后，大叔独自在老屋里睡了三天。独自在老母亲的房间里枯坐，从此再没有母亲的陪伴和呵护了。年过半百的大叔此刻犹如幼儿一样不知所措。即使是当年妻子私奔之后的疼痛何曾有过这般切肤？村里人说老母亲走后，大叔似乎不如从前健康，人也消瘦而苍老，世界上最疼爱他的那个人去了，村里人都很担心大叔会因此而一蹶不振。

谁也没有想到大叔依然坚强，他走出了老屋的房门，走向了他熟悉的庄稼地，走进了村里人的视野。那个憨厚而勤劳的大叔又回来了。谁也不得而知是什么让他在一夜之间又重新找到了自己，找到了自己内心的动力。

儿时，大叔到我家里帮着干农活，他扛着犁耙，身影在晨光里显得特别巨大，我跟在他的身后，手里提着水壶和茶缸。那时我十岁左右，并不能做什么。站在地边帮着给牛喂草，大叔休息时就把茶缸端到地中间给他倒水。递给他茶缸时，大叔感叹着对我说："孩子，你现在给我端茶，好好读书，将来成才了就不会给我端茶了！"我有些不知所措地回答："怎么会？"大叔说："你将来不会像大叔一样犁田耙地的。"说完他掏出自己的烟袋，蹲在翻开的庄稼地里抽烟解乏。我站在地边望着大叔劳作的身影，内心茫然不知所措。我将来真的不会再给大叔倒茶吗？其实在我的内心里我是有些羡慕大叔的，他强壮，会做很多农活，勤劳善良，是个值得尊敬的人。我那时还是个孩子，眼前的村庄便是我的世界，我并不知道未来的自己和生活会是怎样的？能不能像大叔那样在村里生活？会不会有能力跟他一样劳作，做一个自食其力的人？

天边的云彩映照着大叔的脸庞，他坚毅地望着远方，若有所思。我并不知晓大叔那时的心境，他的内心也许有懊恼，有对过去生活的恋恋不舍，以及一个中年男人的尴尬心境。

但我深知大叔对我说这些话是对我有期望的，他希望我能长大成才，能走出属于自己的一方天地来。

许多年以后，在故乡的路上常常会遇到大叔，他已经年近七十岁了，但精神很好，还在不停地劳作，依然独自生活在自己的小院。前几年听说当年弃他而去的那个负心的女人已经去世，消息传来，大叔没有愤懑和错愕，只是轻轻地说了一句："她今年也快七十了吧！"大叔内心的坦荡和宽容照亮了他独自走过的路，同时给予了他当下温暖的小日子。

二

村东头的山岗上住着一个叫吴孝奎的人。他的家就在村里的制高点上，每天走出家门就能看到整个村庄，年轻时因为一场变故，让他失去了三分之二的听力。因为耳朵的原因，让他的生活变得不一样。尽管他高大魁梧，模样也不差，却因为耳朵和贫穷渐渐成了村里为数不多的单身汉。

儿时他是村里孩子们的榜样，因为他生得高大，学习成绩优异。如今，他依然是村里人的“榜样”，但却成了反面的。为此他承受着巨大的压力和内心落差，他就是在这种落差中迷失了自己。因为变故，他的性情发生了很大的变化，慢慢变得懒惰，自暴自弃，一直靠着年迈的父母养活自己。村里人嘲笑他，他不以为然。直到他年迈的父母再也爬不动了，最终去世。父母不在了，再无依靠的基础了，总不能出去要饭吧！慢慢地，他开始学着从自己的世界里走出来，开始劳作，开始一点点积攒着生存的能力和力量，他再次握住了锄把，走向了庄稼地。岁月老去，他在岁月里开始了自我的救赎。他开始跟邻居交流，帮着村里人干活，村里人也渐渐接受了他，他也慢慢地重新融入这个村庄，仿佛在村里又捡回了过去的自尊。犹如孩提时代，当年他在村里是受到尊重和羡慕的，自己学习好，父亲还是村里的会计，一切都是美好的。

他怎么也没想到自己的人生会像一片树叶一样静静地躺在村里的一个角落。他没有成家，父母去世后便孑然一身，村庄里一起长大的伙伴，有几个都快当爷爷了，他显然是村里一个掉队的人。儿时，他总站在老屋的窗口欣喜地注视着这个村庄，内心充满了各种梦想。如今，那个曾经闪亮的少年只能常常在自己的空屋里回想从前的时光。

三

村里爷爷辈里从军的特别多，他们那个年代能走进军营是一个男人的梦想和光荣。春爷就是其中的一个。十八岁春爷就参军离家去了河南，春爷在部队很努力，他懂得各种机械制造，复员后就分到了国营的油田工作，油田正需要春爷这样的人才，他在油田大展身手，然后在那里成家立业，把一家人都接了过去。但在他的内心里始终放不下老家的父母和兄弟姐妹，放不下生他养他的村庄。

春爷家里兄弟姐妹多，父母在村里辈分极高，德高望重，村里人也都很爱戴这两个长者。春爷每年都会请假回来看望父母，兄弟姐妹中谁家有了困难，他也都极力帮衬，他希望家里的每一个人都能生活得幸福、安定。春天，他赶在清明前回到老家祭祖；夏天，他又抢在麦收时回来帮着父母夏收；春节他有时也会带着棉袄回来，让父母换上。

家里的弟妹都相继成家了，日子似乎也越来越好了。但春爷还有一件事放心不下，他常常为此事担忧。家里唯有六弟未能成家。六弟没怎么读过书，但人很厚道、善良、勤劳，是村里为数不多的犁田耙地的好手。时间年复一年地过去，六弟却未能找到中意的姑娘，慢慢地年龄大了，更找不到理想的结婚对象。他成了这个村里的“剩男”。六弟自己思想有包袱，内心难过却从不说出来。这一切春爷都看在眼里。每年回来，除了父母的身体，春爷最关注的仍然是六弟的婚事。六弟风里来，雨里去，给村里人犁田耙地，他熟悉村里的每一寸土地，不知道这地他犁过多少遍！渐渐地六弟也只能认命了！但在春爷的心里一直觉得没有安排好六弟的生活是他未尽的责任。

春爷在村里是出了名的孝子，这也是让老太爷和老太最欣慰和引以为豪的事。老太出生于大户人家，生得端庄大气，做事沉稳干练，又善良慈祥，村里人都很尊重和爱戴她，老太和太爷年龄越来越大了，身体也不如从前。春爷每年回来得越发勤了。

有一年，六弟一直钟爱的那头壮牛不知何故咆哮着向他冲来，六弟向来对牲口疼爱有加，以为这牛跟他闹着玩，并没在意也不躲闪，谁料这牛却在他毫无防备的情况下将他顶向空中。六弟因此卧床三月不能下地，自此腰间留下一块伤疤，落下病根。哥哥每年都会休假回来看望父母兄弟，关爱家族里的每一个人。三年后，六弟开始因旧伤患重病，开始隐隐作痛，后来疼痛难忍，人也慢慢萎缩消瘦。医生说大概是因为当年的牛伤到了他的内脏。看着六弟一日日消瘦下去，春爷于心不忍，他带着他到武汉等地看医生，想尽办法，仍回天无力。出院时医生悄悄告诉春爷放弃治疗吧！春爷无奈地把六弟带回到老家，那个黄昏，春爷一直坐在六弟的床边，六弟此时已极度虚弱，目光呆滞，眼巴巴地望着他，春爷明白六弟这是不想离开。春爷看到六弟的目光，他明白六弟内心里的苦，却无处诉说，那一刻实在受不了六弟的眼神，他匆忙地跑出房间，站在六弟家牛栏旁的柳树下，想起儿时和弟弟就在树下的堰渠里戏水玩耍，想起六弟一生孤苦伶仃，情难自禁，号啕大哭，哭声穿越整个村庄。

送走了弟弟，他依然每年回到这间老屋，依然回到村里走一走。兄弟情深，亲情永在。是爱让这个家一直凝聚在一起，一直充满着温暖。

四

上世纪九十年代初，村里曾经来了一个摆地摊的河南人。那个年代摆地摊的河南人特别多，几乎隔段时间就会有河南人路过村里。他们在村里摆几天，就又往下一个村庄赶，仿佛是草原上放牧的牧人。他们会根据一个村庄的规模和消费水平来决定在村里待几天，然后挑起货担走向下一个村庄。他们几乎不留恋任何一个村庄，他们是一群不断迁徙的牧人。与其他摆地摊的河南人不同的是这个河南人并没有很快就离开。等同伴都收拾好货摊准备出发时，这个河南人却留下来了。这个人就是老相。

老相在村里留了下来，这一留就是二十年。老相最初来这村里摆地摊时只有一平米见方，无非是一些针线、剪刀、袜子等日用品。他把地摊摆在村里小酒厂旁边，那里人多，村里妇女们也经常聚在那里。老相当年四十出头，面色黝黑，额头铮亮，身穿卡其布中山装，上兜插一支钢笔，标准的河南腔。他话少，货物也比之前其他河南人便宜，村里人更愿意到他那里买东西。

老相做生意并不像其他人，他根据村里的实际需要进货，而且价格也比以往任何一个商贩都要便宜。村里人太贫困的人家，他甚至少收他们的钱。时间久了，村里人都说从来没见过这么厚道的“货郎挑”。老相在村里越来越受欢迎，渐渐地成了村里人的朋友。

老相虽是小商贩，却有着河南人吃苦耐劳、朴实的性格。老相为人坦诚，做人厚道，村里人慢慢开始接纳这个外乡人。村里人哪家有红白喜事，他也像村里其他人家一样去参加，俨然是村里的一分子。

在村里站稳脚跟后，老相让自己的大儿子也从家乡来到村里摆摊，摊位也由原来的一平方米变成了五平方米，货种也由原来的针线扩大到衣物日用等。原来跟他一起出来的老乡再次路过村里时，都羡慕地说：老相真会做生意，摊位都发展这么大了。

老相在河南老家原本是村里的会计，识文断字，能写会算，在村里人缘极好，家里也算过得去。他有两个儿子，老大到了结婚的年龄，老二还在上学。包产到户后，过去能写会算的他却搞不好眼前的农业生产，家里的负担越来越重了，妻子虽身体强壮但毕竟经不起长期的劳作。老相便想着跟村里人一起出去跑商贩，以此来缓解家里的压力。

老相在村里一待就是二十年。村里年龄相仿的男人有好几个都成了他相好的朋友。空闲时，村里人会到他的摊位边跟他聊天，拉家常。有时候，要好的几个爷们儿还会请他到家里喝几盅，老相似乎成了村里的一户人家。

老相没别的爱好，唯一的爱好就是看书。平日里守着摊位，没人的时候他就是读书，文学名著、武侠小说各类书他都看。他的摊位对面的房子成了镇上的供销社，供销社里有一个专柜是用来卖书和连环画的，过一段时间就会来一些新书，老相总是会从生活费里节约一部分用来购书。小时候，常常看到他在门前的摊位边读书边卖货的身影，就感觉他是一个不一样的货郎。

我上三、四年级以后慢慢能读懂整本书了，除了家里父亲、哥姐们买的书以外，很多书都是从他那里借来的。《射雕英雄传》《笑傲江湖》《玉娇龙》《杨家将》《伊索寓言》等都是从他那里借来的。这些书不仅让我养成了读书的习惯，还给了我一个不一样的世界和童年。乡村文化生活相对贫乏和落后，一本书和一场电影就能给一个孩子带来意想不到的欣喜和快乐。他的读书习惯影响了我，也影响了村里很多年轻人。

每年的夏收时节，他都要把货封存起来，寄放在我们家里，然后回河南老家帮妻子忙农活。他是个勤劳而顾家的男人。有一年，他把他的大儿子带来了，一起摆摊，后来儿媳妇也来了。一家人住在狭小的屋子里，但日子过得比以前有滋味了，毕竟有亲人在身边。对于他来说那是一段最快乐的时光。

六十岁那年，老相的老伴得了半身不遂，行动不方便，两个儿子也分别在外面打拼，没人可以照顾她。出于无奈，老相只能决定回河南老家。离开的前一天，村里好多人来跟他道别，这个村庄里几乎所有的人他都认识，他内心里舍不得离开，其实他早已在心里把这里当作了第二故乡。他熟悉这里的每家每户、一草一木；习惯了这个村庄里的生活方式、风俗人情；融入了这个村庄里，现在就要回到老家去了，以自己的年龄今生不会再回到这里。当晚，和他最要好的李大叔请他吃饭，酒过三巡，老相忍不住了，老泪纵横，说忘不了当年自己挑着货摊走进村庄时的艰辛，忘不了村里人对他的各种好，忘不了接纳他宽容他的村里人，怕自己这一去再难回来看望大家，怕未能报答村里人对他的恩情。清亮的月光下，几个老男人相互道别。

老相依依不舍地离开了村庄，回到自己的家乡河南。如他所料，他没有再回过这个村庄，回到家乡后他独自照看行动不便的老伴，没有时间和精力去别的地方。他时常托其他老乡打听村里人的情况，问候村里的乡亲们。

在内心里，村庄成了老相的另一个故乡。

芝麻花开　赵锋摄 / 2016年·赵庄

— 永远的庭院 —

一

青砖、黛瓦在上了岁数的老墙头摇曳出沧桑又轻柔的风情。金黄的玉米、火红的辣椒、不知名的野花在田野、地头、房舍恣意绽放。隔着五百三十个春夏秋冬，隔着近两百年的如烟岁月，我们静静地伫立在鄂西北鲍峡镇一个叫冻青沟的村头！远处汉江奔涌，近处溪流淙淙……

这一刻，时间凝固，这一刻，思绪万千！仿佛目睹何氏家族经商之路的潮起潮落；仿佛窥见何氏家族 1927 年费尽心血写就的第一部家谱因无钱印制而在大火中灰飞烟灭；仿佛遥望何氏楷模华中科技大学教授、何氏源流专家九十多岁的何存兴正蹒跚向我们走来……

我的母亲就出生在冻青沟的何氏庄园里。何家是当地的大户，自明朝起就世代居住在这里，发展到清朝时，家族兴旺、人丁兴旺，方圆二百公里都有何家的产业和庄园，何家名噪一时。母亲就出生在这个庄园，在这里长大，读私塾，儿时就在这一片庄园里的天井院、青石板路上玩耍，在数不清的房间里捉迷藏。村里的娘娘庙、杨泗庙是他们常去的地方，总也看不够那些彩绘木雕、砖拱台阶、溪流古道。

母亲说庆畅园是不敢经常去的，那是家庭里最有权威的老太爷住的园子，平日里见了老太爷，也都远远地躲着。他是家族里的楷模。何氏家族奉行先人“耕读传家”的古训，家大业大，人才辈出。家谱中记载，何氏家族仅贡生就达上百人，其他官员无数。

1947年的春天，母亲就出生在丰记园里，丰记院是一进三重的院落，大小天井院九个，母亲从小就在天井院里玩耍。望着老门窗上的雕花，内心充满了想象。那个年代，何家大院已不似昔日繁华，家族里有的远走他乡参加革命；有的逃难异乡谋生存；有的四处求学。母亲学习成绩优异，小学毕业后是少数几个考上黄龙中学的学生之一。可惜，婆婆没有能力供她去读书，仅仅去报了名，上了几天学之后，因为交不起学费，只能作罢。这份遗憾一直深藏于母亲的内心，倘若真的能把中学读完，从此也许就有不一样的人生。

二

冻青沟古村落位于郧阳区胡家营镇东部汉江南岸的大山深处，是一处尚未被开发且知名度不高的村落。村落距县城约七十二公里（直线距离约四十六公里），逆江而上至陕西白河县城关约二十一公里。在冻青沟里至今还深藏十四处明清古建筑。

由于该村出口直面滔滔汉江，村子深藏山谷，交通极其不便，冻青沟古建筑群长期以来不为外人所知。直到 2009 年，郧县文物局在进行第三次全国文物普查活动时才首次发现了这个仍然保存较好的原始形态古村落。

顺谷而上，山势高耸，错落起伏。村书记胡广宝介绍，该村最高山峰海拔八百一十四米，谷地林木茂密。野生动物有野猪、獾、麂以及各种鸟类等，种类多，数量大；盛产野生竹笋、蘑菇、山药，以及天麻等各种药材。山中民风淳朴，村民勤劳善良。

村里何姓为大姓。该村七十五岁的老书记何存连至今仍保存着一整套较为完整的清同治版何氏家谱。据何氏族谱记载：何氏家族的先祖何东湖、何东海兄弟二人于明成化十五年（1479 年）由江西瑞昌来到郧阳做生意，并在郧阳落脚，到清代成为当地的名门望族。

何存连说，大概是看中冻青沟优美的自然环境和适宜“静修”的人文氛围，何氏祖先中的一支选择五峰乡前山、胡家营冻青沟一带作为家族的栖息之地，并在此建起了何氏庄园，至今已经有五百三十年的历史。村落中所遗存的古建筑皆为何姓祖先在创业和生活过程中所建。据老辈人讲述，以前村中古建筑更多，由于各种原因损坏过半。目前，冻青沟尚存古建筑有十四处，主要有：何家老庄、庆畅园、娘娘庙、杨泗庙、何家祠堂、秦记园、善记园、敏记园、俞记园、玉记园、照壁（影壁）、杨家寨（七队寨）、古道、邦田子老屋。

山路崎岖，幽静潮湿。走访中，何家后人何存连介绍了冻青沟昔日的辉煌。在十四处古建筑中，杨家寨寨墙、寨门等主体部分尚存，寨内的墙基、储水井等部分保存较好。而何家老庄，因为原先曾发生过火灾而面目全非，仅有几座房屋的墙体和原先的建筑格局还能看出当初的辉煌。

令人欣慰的是目前庆畅园、娘娘庙、杨泗庙、何家祠堂、秦记园、善记园、俞记园、玉记园、照壁（影壁）和邦田子老屋保存情况较好，大多数屋内目前还有人居住。

村里古建筑最典型的当属庆畅园。据说是何九爷耗时二十年修建了庆畅园。该建筑选址于平行汉江走向的山谷深处，是何氏家族早期建造的一处大宅。该建筑为五开间单进院落，是目前保存最完好的宅院，也是冻青沟最大的宅院。

从外面看，庆畅园是一座五开间的房屋；走进去，可以看到一个天井院，左右厢房依次相连。虽然房子整体看上去较旧，但从很多细节上，仍然可以看出该建筑昔日的奢华。

与别的院落不同，庆畅园正门门框、门墩均是由坚硬的石头打造，看上去结实、美观、大气，花纹图案至今仍然清晰可见。园内所有门窗，均是传统木雕镂空工艺。在房屋屋檐下，甚至不容易看到的房屋后檐，目前仍然可以看到很多精美的彩绘。包括武松打虎、孔融让梨等许多历史故事，还有十二生肖图案，至今看上去依旧精美绝伦。

庆畅园内如今住着一位老太太。老太本姓雷，嫁给何家，随夫姓何，九十五岁高龄的她至今耳聪目明。何老太太介绍，自己住的房子是丈夫三十年前买的。自己年轻时，这房子到处都是雕花，就像宫殿。“这个石门墩，看上去圆溜溜的，花纹不复杂，可听村里的老石匠说，古代没有电动工具，做这样一对门墩，手艺精湛的至少要十天。”何存连又指着屋内的窗户说：“这个更复杂，一个木工雕一扇窗户要半个月，这座房子大小窗户六七十扇，你算算需要多长时间？”

石门墩、镂空窗户仅仅是庆畅园庞大建筑的一角。记者了解到，整个庆畅园共有三十四间屋子，如今保存下来的有二十九间。何存连介绍，庆畅园修建于道光年间，至今约有一百九十年历史，为何家大地主人称“何九爷”所有。据何氏家谱记载，何九爷地产分布郧西、郧县以及竹山、竹溪多地，年收租约三十五万斤粮食。何九爷有三位妻子，膝下有六个儿子。“何九爷为人仗义，当时门前进山通道遭遇山体滑坡，凡是来此帮忙疏通道路的，全部安排食宿，百余人在何家吃住一年。”何存连说。不少老辈人说，当年何九爷修建整座豪宅，前后耗时近二十年。不少工匠来时满头青丝，等房子盖好后，头发已经花白。

三

冻青沟，原名洞静沟，诗意而静美。清代康熙以来所编修的《湖广郧阳志》《郧县志》等皆记载有“冻青沟”地名，以及相关人和事。当时称“洞静沟”，一说是这条沟口周围山上长满冬青树，把房屋都遮蔽了，过路行人看不见山坡上人家，于是称之冬青沟；另一说是该地原有一山洞，是一处静修之处，是为洞静沟。最终谐音衍化而成“冻青沟”。

古村落位于冻青沟的两条沟内，分布着多处古宅大院，主体保存基本完整。这些院落雕梁画栋、斗拱飞檐，有前厅后院和亭台楼阁，门前镶嵌着门匾，建筑格局依山就势，窗格雕花精巧美观。

每一处遗留的古建筑都是一道亮丽的风景。她不是画家笔下色彩的组合，不是诗人眼里浪漫的意境，不是歌唱家歌里音符的编织，而是大自然的浑然天成，是大地与建筑的完美组合，更是自然与人类的和谐之美。

这就是冻青沟，将军河岸边的一个集秀丽、静逸、深沉、热情的地方。这里有传承近二百年的清代古建筑，这里有勤劳朴实的岁月面庞，这里有清脆悦耳的山泉叮咚，这里有满含希冀与渴望的殷切目光，当我们曾经纯洁的心灵被尘世的污浊掩去了光芒，冻青沟却如一湾清澈山泉荡涤你被喧嚣蒙蔽的双眼，让你看到不一样的风光！她用适宜的温度温暖着故乡的老小，温暖着每一个踏足此地的游子。

在这里，我能充分感受到一种复古情怀，如果说每一栋古建筑都是一个故事，那么这一路，我一直都在欣赏不同的故事。而其中最打动我的是华工教授二十二年续写何氏家族宗谱、年过半百负债二百八十万悬岩上修公路、两度与死神擦肩而过，为乡亲致富而十几年奔走极力推荐冻青沟让世人知晓的传奇故事。

何氏家谱共分四卷。两本《郧阳何氏宗谱》《何氏源流考》和《名贤录》。巧遇何氏后代何道林兄弟及家人，使我不但倾听了如烟的往事，更一睹宗谱的神秘原貌。

第一次续谱是1927年，1930年全部抄好，因无经费而未能面世。1932年在大火中化为灰烬，此次续谱前功尽弃。1986年开始，华中科技大学教授何存兴开始第二次续写家谱。那个时代通讯极不方便，大部分靠书信和行走获取信息；那个时代，人与人缺少信任，很多时候，费尽口舌收效甚微；那个时代，经济拮据，何老出现在冻青沟时竟然是一双草鞋；那个时候，为续家谱，几近疯狂，以至妻离子散……《我去瑞昌访祖纪实》《续谱轶事》，写尽了历时二十二年的艰辛！

因路途遥远，交通不便，再加是经济条件的限制，艰辛备至！在家谱成书的那一刻，老人泪水恣意横流，为了何氏家族无私奉献，为今生今世的生死爱恋尽情挥洒……听罢、掩卷、感动，也不胜喟叹！

四

今天的冻青沟，年轻一代大多去了城市打工，多是一些老人在家守着这些百年老屋和陈酿在心的老故事，只有节日才略显生机。

在何氏后人的一个堂屋门前，一位老爷爷满头银发梳理得纹丝不乱，他看人时那种目光，神情专注，透着深邃，似乎能洞察人的心思，给人一种凛然的感觉。只有经历过世事沧桑而豁达开朗的人才能有如此明澈的目光，他就是被称为“光棍”（年轻时能干的人）的何家的后人。

也许他们从小就在这种封闭的环境中生活，老宅子见证了他们的少年英俊，又见证了他们的沧桑憔悴，见证了他们一辈人的容华与富足，也见证了他们另一辈人的坎坷与颠沛。同样，他们也见证了老宅子的昔日繁华风光，见证了老宅子的兴衰变化。他们靠这深宅老屋遮蔽世间风雨，与老宅彼此相依，不弃不离，结伴余生。

是什么样的决心让一个年过半百的老村长自费贷款二百八十万，负债累累，每年年关都出去躲债，却只为带给全村人民一条通往山外，触摸富裕的希望之路。

是什么样的信念支撑着一个小群体舍弃独自富裕的机会，日思夜想，殚精竭虑，想着让自己全村父老乡亲生活富足，村里的孩子能够出去看一看山外的世界。

那是一个深深打动我们并让我们今生今世都无法忘怀的身影！他的境界高不可及，不是苍白的文字可以尽数传达的……他自视与我们一样，而我们却不能描述他胸中的风云万千,一面静湖。

时令上的秋天不可逆转，冻清沟人民渴望富裕生活的春天即将到来！6月底，冻青沟已被增补为湖北省第六批重点文物保护单位。7月5日至12日，华中科技大学建筑与城市规划学院的三十五名测绘人员受十堰市文物局邀请，在导师郝少波教授带领下，对冻青沟十四处首批确定重点保护古建筑中的九处完成了测绘，并将于近期完成其余部分的任务。

尔后他们将根据测绘情况对古建筑进行评级，确定最后的修复及开发方案。在7月中旬《直播十堰》关于冻青沟的报道中，用了这样的标题：郧县冻青沟古建筑群保护开发工作启动。

而我在两次与郝教授的通话中，他都认为，“群落”加上“环境”凸显了冻青沟古建筑群的珍贵。特别是把四处古宅的重檐建筑与北京的天坛、故宫相提并论，并由此将对冻青沟研究作为学院的一个重要课题。他还说，省重点文物保护单位的评定给洞青沟的发展带来了机遇，冻清沟人民的生活有望改善。

即将离开冻青沟，这块净土让我感触良多。没有便利的交通，没有现代的符号，没有人工打造的景观。只有古老的建筑，只有历史的情怀，只有大山的宁静，只有见到你们格外亲的乡亲们，只有原生态最真实的体验。在这里放下所有的包袱，去感受这里独特的古文化，感受古建筑带来的喜悦感。在这里，让你体会到的是别样的生活和内心久违的笃定。在这里，宁静高远，远离城市的喧嚣，有一种迫使你继续前进的力量。

古宅将长久保存下去，留给人的故事终将继续演绎……憧憬古老的青石板上烙上更多驻足的背影！

今天是农历的八月十五，选择黄道吉日出行，只想今夜能欣赏到世外桃源冻青沟的一轮满月……阴雨天，连星星都躲藏起来了！但是在行者的心中，在乡亲们殷切的眼神中，一轮希望的明月正冉冉升起……

娘娘庙　赵锋摄　\　2016 年 . 洞青沟

— 水源颂 —

三千里汉江从记忆深处流来，流过烟波浩渺的历史，流过物产丰富的厚土，流过温暖深邃的记忆。

如今，她化作满江的甘霖流进了祖国的心脏——北京。滔滔汉江水自此一路欢歌，润泽北方。

一

我们敬重这一江碧水，她是圣洁之水，早已融入我们的血液，浸润着我们的生命。

她漫过洪荒，冲洗出了文明。我们在汉江边倾听这大江大水的乐章，她为我们诠释了一滴水的价值和意义。她如神灵般演绎着一滴水的永恒与芳香。

一滴水、一条江、一生情，一世缘。这一条大江把神圣的使命交付给了郧阳。

上善若水，我们敬重这清清的汉江水，在这源头岸边，掬一捧清流，把芳香和甘霖洒向北方。

二

我们珍爱这一江碧水，珍爱她碧波荡漾，珍爱她清冽芳香，珍爱她水道博大。

为了这一江碧水永续北送，源头蓄水，郧阳父老乡亲远迁他乡。故乡、他乡，郧阳从此是故乡。

这清清的汉江水啊!

每一滴都折射着一个移民故事，每一滴都浸润着浓浓的乡愁。

为了这一江清水，郧阳人民作别房后的樱桃树，作别门前的菜花香，作别故乡的朵朵白云和夜晚的满天星光。

忘不了那河畔的渔歌唱晚，忘不了那江中的龙舟竞发，那是梦里的水乡。

忘不了迁徙的路上，舀一瓢汉江水，那是甜甜的味道，更是故乡的味道。我们把这水浇进心田，把珍爱牢牢种上。

汉江水啊！故乡情。你是我们柔情似水的所在，是我们大气磅礴的豪迈，更是我们刻骨铭心的荣耀。

三

我们守护着这一江碧水，守护着这水声四起的激越，守护着这万古奔流的恢宏，守护着她如夜空中繁星点点的纯净。

我们“外修生态，内修人文”，我们播撒绿色和希望，我们看山护水，只为守住古河的清澈、甘甜以及尊严。

我们以水的名义守护着这条大江，让江岸绿树成荫，让田垅与稻穗亲密无间，看白鹭常住水边；让春风吹拂水面，弹奏出库区人民的深情与爱恋。

我们以水的名义守护着这条大江，让天蓝、地绿、水长，让水草丰美，让群鱼追逐，让这清清的汉河水，流淌出一曲激越而温情的歌唱。

四

哲人说：历史不就是一条古河在奔流吗？

如今，汉江日夜奔流，向着祖国的心脏，广袤的北方大地奔流。

六百年前，北建故宫南修武当；

六百年后，南水北调润泽北方；

历史轮回中，水声四起，情意绵长。

历史在轮回中流淌传唱，传唱着关于水的畅想和力量。

我们踏水寻梦，扬帆远航。

五

是谁说有水的地方就有梦想，又是谁说有水的地方人心善良，和美欢畅。

北京，郧阳，以水为媒，让我们心手相牵，南北相望。

北京，郧阳，因水融合，让我们携手前行，共谱华章。

梦里水乡　赵锋摄 \ 2010 年 . 汉江

附录

- 乡村，是一个藕断丝连的梦 -

——读赵锋散文集《老家：一个人的故乡心灵史》

墨尔本的冬，夜变得寒冷而绵长。在经过了一天的劳累之后，周围都安静地睡了。我独坐桌前，一页页地翻看着湖北青年作家赵锋的散文集《老家：一个人的故乡心灵史》，内心里生起了对故乡的无限向往与思念来。也许，这就是乡愁。赵锋的散文集里，似乎每一篇的文章，都有着某种藕断丝连的乡愁，如花如水，如梦如幻地掺杂在文字的海洋里。不由得让你静下心，在纷繁的尘世间，挑起一缕或远或近的乡愁。

乡村人，与都市人似乎永远存在着本质的不同。这与他们的生长环境有关，尤其是我们的父辈或者祖父辈，对乡村的生活、乡村的一切，似乎终生怀着一种近乎神圣的情感。赵锋先生的散文里，将乡村，将乡村人这种朴素、真诚的情感发挥到极致，刻画得淋漓尽致。比如，一篇《乡村木器》的文章里，有这样一段描写："村里的张大爷老了，走起路来很困难，儿子给他砍了一根竹棍，让他当作拐杖，张大爷却不乐意用这根拐杖。他自己到屋后的树林里砍了一根很结实的木棍。他把木棍做成了一根很好看的拐杖。他很满意地拄着这根拐棍在村子里闲转。即使是喝一瓢凉水，村里人也愿意用木瓢。"将村里人对木器的热爱，表达得丰满而真实。树，在乡村里随处可见，房前屋后，田间地头，都会发现有几棵不同的树木，在春夏秋冬的季节流转中，发挥着对乡村人异乎寻常的作用。而木器的前身是树，乡村人对树的热爱程度，是一般人无法想象的。冬日的午后，太阳暖暖地照着乡村的土地，而那些终于有了空闲的人们，在村口的大树下，谈论着村里的变迁与家长里短，那是独属于乡村人的快乐。而乡村人对树的偏爱，体现在各种各样的生活细节里。

赵锋先生的散文，将乡村人与自然，将乡村人对自然的热爱，刻画到了细致入微的程度。土地是乡村人的根本，即使是科技如此发达的今天，依然有许多乡村人固守着属于他们的一方水土，耕耘着属于他们的一年四季。在乡村特有的土地里，耕种着希望，耕种着人生的每一个风雨与阳光的日子。读着赵锋先生的散文集，我不由自主地会想起，年幼时，姥姥家的房前，总是种满了葫芦，结满了藤蔓，一个个的葫芦饱满，圆润，甚为惹人爱。秋天，那些葫芦就会变成一个个的瓢，乡村人用它来盛水，或者用来装来年需要的种子等各种东西。对于这种在乡下最普通不过的天然器具，乡村人将它的运用几乎发挥到了极致。读着这本散发着芳香的散文，眼前就会浮现出很多很多幼年时经历过的一些与乡村有关的生活画面来。

亲切，熟悉而又充满着浓浓的乡情。

在一篇《庄稼花开》的文中，赵锋这样写道："在许多人看来，花是用来看的，用来欣赏的。而庄稼的花在庄稼人的眼里却不是这样。他们渴望自己的庄稼开放最茂盛的花朵并不是仅仅为了看，为了欣赏。他们是想要有更多、更好的收成。"是的，这是多么真实真切的描写，乡村人注重的，更多时候不是外在的美丽与华丽，而是内在的真实与实用价值。花对于我们大多数人来说，是欣赏的，是用来美丽生活的，而乡村人的任何一种花，似乎都是来陪伴着他们的希望的，希望着秋天对果实的收获，希望这些美丽的花演变成果实，变成沉甸甸的希望与丰收。

本书中，类似于这样的文与句子还有很多，读者读着，就似乎跟着作者，一步步地走进了一个又一个的乡村，一个又一个的乡村人活灵活现于眼前了。

乡村，是我们不可忽视与不可忘怀的美景，是我们无论走到何方，无论走得多高多远，都割舍不断的朴素真情，是我们充满着希望与渴望的心灵天堂。赵锋先生的每一篇文字都是一幅乡村与乡村人的图画，真实地讲述着乡村的美丽生活，每一篇文章，都热忱而深刻地展现了一个青年作家眼里心里对乡村以及乡村人，最热烈的而割舍不断的情感。

王若冰（澳洲）

2016 年 7 月 22 日写于墨尔本寓所

后记

— 每个人都走在回乡的路上 —

在我的老家，或者是中国的大部分乡村，越来越多的人进城，或者正在为准备进城居住做着努力。这就意味着越来越多的人开始离开自己的故乡。

我想，总有一天，他们会在某一个傍晚里突然想念那个生他养他、炊烟升起的小山村；想念那里的山水人事；想念那里的父老乡亲、儿时的伙伴；想到与自己老房子相关的物件……想念久了，就变成了他们内心里的乡愁。这种情感是每一个从故乡走出去的人无一例外的。乡愁为每一个在异乡的人打开了一条通道。这条通道，从故乡出发，直抵每一个在外游子的内心。

春节在老家过年，村里在外打工的人都从祖国的四面八方赶回来了。一问，才知道他们几乎遍布大半个中国，有些一年回来一次，有些几年才回来一次。不管时间长或短，他们始终没有忘记这个千里之外的村庄和家。近年来，村里出去打工的人越来越多，年龄也越来越小，有些人家甚至是搬离这个村庄。村里有些房间长年闲置，闲置的还有村里原本肥沃的稻田。这片稻田曾经是村里人的衣食之源，是村里人吃饱饭的保证。

这些年越来越多的年轻人出外打工谋生，剩下在村里的全部是老人、妇女和小孩子。这些青壮年劳力不再是庄稼地的主人，也不再仅仅依赖于土地生存，实际情况是依靠庄稼地已不足以养活全家。生存法则无形中控制或者是主导了他们的选择和命运。曾经采访过村里几个年年出去打工的儿时伙伴，为什么非要千里迢迢去外地打工？不想家吗？伙伴无奈地说：不外出务工，全家怎么生活？他们在异乡盖楼房，当矿工，或者是流水线上的工人。故乡，他乡，他们年复一年地来回奔忙，仿佛候鸟。可是不管在外多少年，伙伴说：城市再好也不是我的家，老家才是我最终的根。

有爱不觉天涯远。故乡有家有爱，他们走多远都要走回来。伙伴说，在外打工自己苦一点都无所谓，最牵挂的还是千里之外的一家老小。每年春节当大批在外务工的村民不畏路途遥远，历经艰辛地回到村里时，内心既心酸又温暖。他们在内心依然还是把故乡放在首位，他们的内心深处仍然隐藏着浓浓的乡愁。

我出生在上世纪七十年代末，那是一个特殊的年代，改革开放、社会转型、人们的行为和生活方式也发生了翻天覆地的变化。我们整个童年的记忆几乎都来源于乡村，那里有我们无尽的童年美好记忆，有青春的迷茫与躁动，当然也有隐藏在内心深处的梦想与理想。

读书，工作。离开故乡，记忆似乎也在渐渐模糊。可那又怎样呢？从前的一切那么美，那么纯，仿佛村头天空上飘浮的云朵。它留在童年的时光里，留在草木丰美的乡间；留在那个乡村少年的脑海里，挥之不去，而且时不时就会在记忆深处摇曳。回想时它变得流光溢彩，仿佛在晚霞中奔跑的灿烂少年。

有人说：有故乡的人心存敬畏。我想心存敬畏的力量正是来源于故乡。可是实质上许多人并没有意识到故乡之于自身的重要，更未意识到文化、根脉之于一个人的塑造。越来越多的欲望制约着你的价值取向；越来越匆忙的脚步打乱了你人生该有的节奏。故乡似乎渐行渐远，我们其实可以在匆忙的人生旅途中回望一眼故乡，回望生我们养我们的土地，感受它们给我们带来的人生最初的温度和新鲜。

"知我者谓我心忧，不知我者谓我何求"。这本书有一半的文字都是我在老家时完成的，写这些文字的最初动力就是对故乡的眷恋，以及对自然和生命的敬畏和热爱。既有写故乡的山水人情，也有写对内心故乡的追忆。不管写什么，都是人情、人性，其实都是内心深处的那份心灵体验。

刚毕业时，因为读书写文改变了我的生活境遇，同时也赢得了认可和尊重。记得一个读过我散文的外地编辑和作家，许多年以后告诉我，她当时读我的文章以为我是四十出头的年龄，其实当时我只有二十多岁。岁月过去了，许多人事都在变化，但在我的内心始终不变的是对阅读、写作以及对未知领域探求的态度和情怀。总有朋友会问：你工作忙，又不打牌娱乐，光读书写文章不累吗？我想说的是，"汝非鱼，焉知鱼之乐"，其实有什么能比精神收获和精神愉悦更让人幸福的呢？能比发现美、创造美更有价值感呢？

艺术无任何捷径可走。写作亦是如此。我从来不认为喝彩的和流行的就是好的，更不觉得有了表面的热闹就能说明你真的创造出了精品。作为一个用文字记录的人，要有人文精神和社会担当，要贴近大地，更要有家国情怀，还要懂得用自己的眼睛来观察、体味、记录这个社会和时代，只有这样才能创作好的作品，才能成为一个无愧于自我和时代的人。

儿时，我藏在老家的阁楼里偷偷地翻看父亲放在那里的各类报刊杂志和书籍。太阳从小木窗射进来，我就坐在那束阳光里读那些似懂非懂的文字，至今难以忘怀。就是那些文字在我的内心里撒下了种子，让我爱上了文字，并以文字为伴。不管今后的人生路怎么变化，我想自己不会忘记这份初心，沿着这条路走下去。

本书的撰写，正值春节来临之际。新年的钟声催促着中国人回家的脚步，在外打工一年的人们都又纷纷返乡。返乡与乡愁息息相关，回去看看年迈的爹娘；抱抱年幼的孩子；去温暖爱人孤单的内心；去触摸那些故乡的草木和庄稼；去亲吻故乡的大地……那里有他们心心念念的家，有他们恋恋不忘的童年，更有他们说不清道不明的精神激荡。

一个人无论走多远，其实都是走在回乡的路上。我们注定会在某个时空里与故乡重逢，最终回到故乡。

春节期间，远在北京工作的叔叔和哥哥等都回到老家过年。一家人其乐融融，欢乐无比。叔叔十八岁离开老家，走进军营，驻守塞外近半个世纪，由一名士兵成长为大校军官，从英俊少年走到“两鬓青青变星星”的年龄，千山万水之外的北国，他独自面对风雨，成

故乡的河　赵锋摄　/　2012年．郧阳

就了自己的一番事业。一家人一家亲，谈家事，互诉衷肠；忆岁月，感慨万千。有太多情要诉，有太多的话要说……但只要情感在，牵挂在，温暖和亲情便会常在。这就是回家的魅力，这就是老家的温暖，这就是亲情的彼此支撑和眷恋，谁都无法替代。故乡在，家在，亲情就在。

叔叔、哥哥他们春节过后要走，我七岁的儿子雷雷万分不舍，哭喊着，追赶着，要相送。或许这就是亲情和故乡的力量，兴许这亲情和乡情的种子已在他的心间悄然生根发芽了。

在这里，我要感谢中国十佳电视剧编剧、著名作家曾有情；著名军旅作家、诗人、学者丁晓平；知名畅销书作家、专栏作家潘小娴；中国地域文化研究会主任、学者、作家傅广典；澳洲华人女作家王若冰；诗人衣米妮子对我的散文集的关注和厚爱，以及倾力推荐。同时也要感谢知名作家莲韵女士的抬爱和支持，与她素昧平生，却能极力举荐，这本书才能得以公费出版。最后感谢我的父母亲人，尤其感谢在我成长和创作道路上给予我默默支持和鼓励的我的母亲，是她让我感受到了内心有力量，是她让我感受到自己有根有本有远方；感谢我的哥哥长期以来对我阅读和创作的鼓励；感谢我的妻子水雪莉对于我文艺创作的支持，感谢每一位给予我帮助和温暖的老师和朋友！

唐代诗人杜甫《偶题》中写道：文章千古事，得失寸心知。无论是对文字和阅读的热爱，还是对故乡的眷恋和生命的敬畏都将是我这一生温暖的宿命。每个人的内心都有一个故乡；每个人的内心都有一份隐秘的乡愁；每个人其实都走在回乡的路上。

赵锋

2017 年 2 月 28 日于赵庄